穿越时空的少女

筒井康隆 著

丁丁虫 译

時をかける少女

上海译文出版社

目录

噩梦的真相

无尽的多元宇宙

《穿越时空的少女》之文采

江藤茂博

一

《穿越时空的少女》的作者筒井康隆,向来喜欢以诸多姿态在读者的眼前恣意驰骋。他既有早期的正统科幻作品,也有异想天开、令人捧腹的描绘幻想世界的作品,还有谐模社会现象、现实事件乃至学问思想的爆笑之作,当然也少不了探求人类心理的小说。不仅如此,在作品的结构上,他还以方法的多样性整合连绵不断的题材的多样性,通过各种形式的语言表现不断构筑出一个个世界。显然,不仅仅是其作品超越了类型①，作者本人也超越了类型。筒井康隆早在中学的时候便热衷于漫画，还加入了儿童剧团，可以说他在成为作家之前就已经成为了一位舞台演员，而在他成为作家之后依然还出现在由自己作品改编的电影或电视剧之中。此种举动仿佛也是在宣告，就连筒井康隆自己，也在不断侵蚀、谐模"筒井康隆"的领域，或曰"筒井康隆的文艺世界"。

这一篇《穿越时空的少女》，便是这位作家在其活动早期，在他还是一个科幻作家的时候，连载于分年级学习杂志上的少儿读物。这篇小说从学习研究社的《初中三年级课程》1965 年 11 月号开始，直至《高中一年级课程》连载结束，描写了与读者的年龄相仿的一位女中学生芳山和子，忽然间获得了瞬间移动和穿越时间的能力，由此引发出一个带有科幻意味，同时又蕴含了淡淡恋曲味道的故事。对于当时的中学男生而言，他们的心绪大约都会因为那个科幻的世界与未来人的设定而雀跃不已；而对于那时的中学女生

---

① 类型，日文ジャンル，英文 genre，一般指一种文学的分类方式。比如西方文学史上的流浪汉小说、成长小说、启蒙小说、哥特式小说，还有国内近来流行的奇幻小说、推理小说、科幻小说等等，都是类型文学的概念。

来说,则会因为不知不觉间映入潜意识中的白马王子式的故事而撩动心弦。也就是说,不论男生女生,都会共同期待下一期的连载吧。

二

实际上不论是谁,一旦捧起《穿越时空的少女》,便一定能在其中发现值得怀念的中学生的身影。"隐约传来肖邦的《波兰舞曲》,不知是谁在音乐教室里弹奏钢琴"——这个故事便发生在周六"寂静"的放学后。就在那里,和子与两个男生,"浅仓吾朗"和"深町一夫",一同经历了不可思议的体验。这三个学生——如此普通,仿佛每个教室里都会找到他们的身影——即将齐心合力去揭开和子马上就要遇到的那一番不可思议的经历背后所蕴藏的谜团。除此之外,故事中也有作为解说者,同时也是引导解谜过程的理科老师福岛的登场。显然,一般来说在以学校为舞台的故事当中,教师这一类客观的视角自然是不可欠缺的。

邻家失火、卡车失控等等情节的设定虽然稍显嘈杂，但在淡淡的笔触之下，也逐一描绘出和子的不安、吾朗的兴奋，以及一夫的沉着。一心掩饰自己能力的和子，必须了解事故危险性的吾朗，以及实际上正是智慧真身的一夫，诸如此类的人物设定正是在这些情节中巧妙而细致地埋下了伏笔。而另一方面，这三个人的三种面目的凡庸，可以说也正显示了真实的学校生活。

　　不论何种群体，总有一种所谓"共性"的特征存在，总会将整个群体的平均化作自身的目标。在《穿越时空的少女》之中，恰恰选择了简直可以称之为凡庸化的象征的一般学校为背景。然而也正是因为此种背景，临近全文结束时和子的那一句"求求你不要擦掉我的记忆"，才能成为优美且锐利的回响。这一激荡人心的回响，即使放到这部作品首次发表四十多年之后的、今天的学校文化的背景之下去看，依然是没有什么变化的。

三

　　被称作经典的作品，即使充满了写作当时的时代氛围,其凛然的骨骼始终不会丧失,不论经历多少年代。正是因为有这骨骼的存在,阅读作品的人与其自身所处的时代相结合,非但绝对不会遗失作品的轮廓,而且更会生出异常绚丽的织锦。毋庸讳言,所谓绚丽的织锦,既包含了以《穿越时空的少女》为原著的影视作品,也包含了以阅读小说为起始、观赏影视作品而感动的读者与观众的心驰神移——当然,在下此刻所写的这篇拙文自然是难以忝居此列的。

那么已经足以承担"经典"这一褒扬的此篇《穿越时空的少女》,其最大的魅力在于何处呢? 只要稍稍回顾一下故事便可以知道,与来自未来的少年肯·索高鲁相遇的芳山和子,她所相信的自己与未来少年共同拥有的记忆,实际上是她自己心中的虚构。在那时节,和子骤然被迫直面自己的感情——那感情本是被一切故事与解释所拒绝的。我们知道,当感情与记忆相关联的时候,人总可以给自己的感情找出一份解释。比如说,自幼青梅竹马的缘分也好、真的一直喜欢也好,说起来只不过是将记忆——一种将过去的时间对象化了的团块——重合到自己所喜爱的故事之

上而已。在这个所谓的记忆——将过去的时间对象
化的团块——的世界中,人可以在连自己都未曾意识
到的情况下编造出各种解释感情由绪且足以说服自
己的故事。

　　然而芳山和子的情况却并非如此。她被告知,自
己与肯·索高鲁的相遇仅仅不过一个月而已。这段
时间太过短暂,无法嵌入任何故事当中。而且来自
肯·索高鲁的告白也扰乱了和子的心绪,让她的心中
生出了爱——原初的、纯粹的、没有任何理由的爱。
需要原因和理由的爱,其实是已经经历了岁月洗礼的
"成人"的感情,与这里和子的爱之原初世界格格不
入。第一次接触到这样纯粹的爱之世界,或者因这世
界而被唤起的感觉,岂不正是以"少女"为主角的这篇
小说最大的魅力所在吗?

四

　　《穿越时空的少女》中展现出来的那种科幻的世
界,天生便与影像的表现极为契合。主人公芳山和子

所经历的柏拉图式恋爱的淡淡气息，也与影像的文化融为一体。被偶像化的明星形象，与芳山和子的形象毫无滞碍地重合在一起，这不仅仅是因为这篇作品坚实而富有魅力的骨架，另一个重要的原因是由于总是出自"当下"的科幻与"少女"这一元素的结合。

　　实际上，《穿越时空的少女》这篇小说历经了好几个世代。起先它是被直接阅读的，随后则又是以间接的方式被不断重读。它最先是作为少儿读物在分年级学习杂志上发表——这一点此前已经提及——在那之后，它又被选为NHK少年广播系列剧的第一作《时空旅行者》的原作。自此以来，《穿越时空的少女》更成为了被多次改编的原著小说。时至今日，当初那种"读后再看，抑或看后再读"（语出七十年代的角川文库版原著小说）的选择已然不复存在，大部分人都是在某处遇到改编自《穿越时空的少女》的影视作品之后，转而对原著发生兴趣的。这当然绝对不是坏事。恰恰相反，它正显示出经典作品不断与当代的媒体重新结合，被每个时代的读者阅读。发表于六十年代的这篇《穿越时空的少女》，在七十年代、八十年代、九十年代、二〇〇〇年以后,都有被改编为影视作品的例子,少则一次,多则数次。

*

NHK 少年广播系列剧《时空旅行者》(1972 年 1 月 1 日—2 月 5 日,本石山透改编,岛田淳子主演)

角川映画《穿越时空的少女》(1983 年 7 月,大林宣彦导演,剑持亘改编,原田知世主演)

As birds·富士 TV 星期一电视剧《穿越时空的少女》(1985 年 11 月 4 日,本城谷亚代改编,南野阳子主演)

共同电视台·富士 TV 我们的电视剧《穿越时空的少女》(1994 年 2 月 19 日—3 月 19 日,君塚良一改编,内田有纪主演)

角川春树事务所电影《穿越时空的少女》(1997 年 11 月,角川春树导演,伊藤亮二·桂千穗·角川春树改编,中本奈奈主演)

共同电视台·TBS 早安少女新春! LOVE STO-RYS《穿越时空的少女》(2002 年 1 月 2 日,寺田敏雄改编,安倍夏美主演)

角川漫画·A 版《穿越时空的少女》（都贺野学画，全二卷，2004 年 5 月/7 月角川书店）

月刊少年 A 版《穿越时空的少女 TOKIKAKE》（贞本义行改编，琴音兰丸画，角川书店）

"穿越时空的少女"制作委员会 2006 剧场版动画《穿越时空的少女》（2006 年 7 月，细田守导演）

其他应该还有一些笔者未找到的以《穿越时空的少女》为原著的漫画。其中可以确认的有，结城正巳的谐模漫画《穿越时空的校园》（《月刊 OUT》1983 年 10 月号—1984 年 10 月号，后发行单行本）。另外 1998 年有过 PS 游戏软件的宣传预告。还有，粉丝团的根据地"穿越时空的少女"的非公示网站（http://www.imasy.or.jp/~yamve/timetravelers）也很热闹。

*

那么，最后还想再说一件关于《穿越时空的少女》的私事。筒井康隆的许多小说我都很爱读，特别是《穿越时空的少女》，每次借着被影视化的机会都会重读，算起来已经读过很多次了。身为教师的我，总喜欢在课堂上讨论《穿越时空的少女》，而且总是和原著小说对照讨论,最终更是写了一本书(《"穿越时空的少女"们自小说至影视的变奏》,彩流社)。我甚至还想过让筒井康隆先生的最畅销小说《文学部唯野教授》的主人公唯野来论述《穿越时空的少女》。我这个读者,也模仿起了筒井先生,不知不觉地沾染上了谐模的阅读方法。我可真是个不听话的读者,而且忽然间我也想起,原来此刻我也是个小小的文学部的教授啊。

穿越时空的少女

理科实验室的黑影

　　放学后的校园里总是静悄悄的,颇有些寂寞的气息。偶尔会有一声开关教室门的声音,回响在空无一人的走廊里。隐约传来肖邦的《波兰舞曲》,不知是谁在音乐教室里弹奏钢琴。三年级的芳山和子与同年级的深町一夫、浅仓吾朗一起,刚刚结束了理科教室的打扫。

　　"差不多了吧。我去倒垃圾,你们去把手洗干净。"

　　"哦,那就交给你了。"

　　一夫和吾朗肩并着肩朝洗手间走去。和子看着他们两个的背影,忽然觉得有点想笑。这两个人的组合实在有趣得很。一夫是高而瘦的类型,吾朗则是矮矮胖胖的。两个人的学习都很不错,不过吾朗是个很用功的人,而且一贯都是直性子,可一夫却是个梦想家,看上去整天都浑浑噩噩的,不晓得一天到晚都在想些什么,总让人感觉有点古怪。

在洗手间里,吾朗一边洗手一边仰头望着一夫说,"喂,我说,那个芳山,脾气挺好,长得也挺可爱,可是不是母性之爱太多了点?"

吾朗有个癖好,喜欢故意用些很复杂的词汇。一夫眯着他那双成天蒙蒙眬眬的眼睛,低头看着比自己矮二十厘米的吾朗说,"哦,怎么了?"

"什么怎么了。你没这么觉得吗!"

吾朗总是挺着胸脯,他的脸又红又圆,看起来总像在使劲儿。

"芳山简直就是拿咱们当小屁孩看。嗤!'去把手洗干净!'"

"唔,是吗……"

一夫依旧是一副做梦般的神情,含含糊糊地应了一句,慢吞吞地继续洗他的手。

　　和子把垃圾扔到教室楼后面的垃圾房,回到理科教室。她握住隔壁实验室的门把手,要推开门把打扫工具放进去。这间理科实验室是放理科实验器材的房间,里面有两扇门,一扇和理科教室相连,另一扇通向走廊。和子推开的是与理科教室相连的那扇门。

　　"咦?"

　　和子的手停住了,没有推门。她好像听到实验室里有什么动静。

　　这个房间虽说是实验室,其实几乎没有什么能供进行理科实验的空间。说到底也就像个杂物堆放室一样,塞的都是些乱七八糟的东西。里面有各种生物标本、骨骼模型、剥制标本、药品橱柜等等,全是些让人不大舒服的东西。和子虽然没有什么特别别扭的感觉,但在其他女生当中确实也有人从来不敢踏进这个房间。

　　"奇怪,应该没人的呀……"和子自言自语道。

　　随后她又低声问了一句,"难道是福岛老师?"

　　——不会,不可能的,和子想。就在不久前自己刚刚看到福岛老师出了实验室,在走廊里锁上房门之后回去了……那到底是谁呢？和子虽然有点害怕，但她鼓了鼓气，下定决心推开了门。

哐当！实验室里响起一声玻璃碎掉的声音。

"谁？谁在那里？"

和子眯起眼睛打量这个昏暗的房间。房间正中的桌子上摆着许多试管，还有一只掉在地上摔碎了。碎片的周围还有一摊液体，好像是从试管里淌出来的。这摊液体正在微微冒着白气。

——是有人在做什么实验吗……可会是谁呢？做实验的人又在哪里？和子边想边往桌子走去，桌上的试管旁边放着药瓶，她想看看上面的标签写的是什么，可就在这时，突然从药品柜后面跳出一个黑影，一下子窜到通往走廊的那扇门前面竖着的屏风后去了。

"啊！"

——是小偷？和子的身子顿时僵住，她的手脚都不听使唤了，怔怔地动弹不得。

"是谁?!"和子忍不住叫了起来，"别吓我！快出来！"

通往走廊的门咯吱咯吱直响。

"别想跑到走廊上去!"和子朝着屏风那边叫喊,"那扇门已经锁上了!"

在和子的潜意识里,隐约觉得自己一旦停止大声叫喊,弄不好就会被吓昏过去,所以她不停地大叫,给自己壮胆。终于,门的声音消失了。屏风那头窸窸窣窣的声音也沉寂了下来,房间里再一次恢复寂静,却更让人毛骨悚然。

"我知道了! 是深町吧? 要不就是浅仓! 你们是想吓我吧?"

和子边说边蹑手蹑脚地慢慢朝屏风后面走去。屏风后面还是没有人回答。和子死命压住自己的恐惧,小心翼翼地把头探到屏风后面,随即便讶异地惊叫一声:

"——啊?!"

屏风后面连半个人影都没有。

2

薰衣草的芬芳

"哎呀,怎么回事?"

和子吃惊地喊道。刚才的人影肯定不是幻觉,肯定也不是自己眼花了。和子确信自己看到了一个人影,而且那个人影也确实是躲到屏风后面了。

和子试着拉了拉通往走廊的房门把手。锁得好好的。这就是说,那个人影不可能从这扇门里逃出去。那他到底去了哪儿呢?

凭空消失了?——怎么可能。不可能有这么荒唐的事。但如果不是凭空消失,眼前这个灵异事件又确确实实找不出别的解释。和子沉思着,慢慢退回到放试管的桌子旁边。

这时候和子意识到从刚才进到实验室里的时候开始，房间里就有一股隐约的香味，似乎是摔碎的试管里盛的液体发出来的。

"这是什么味道？"

这是一种很好闻的香味，和子总觉得自己好像在哪里闻到过。——在哪里呢？这个气味我知道的——香香的、让人怀念的气味……这种味道，是在什么地方、什么时候……

她拿起桌上三个开着盖子的药瓶中的一个，看了看瓶上的标签，可惜看不懂。

忽然间她的意识恍惚了一下。那股甜香忽然浓烈起来，袭入她的鼻孔，让她禁不住打了个趔趄，随后便慢慢瘫倒在地上，失去了知觉。

过了一两分钟，一夫和吾朗已经收拾停当准备回家了，他们来到理科教室找和子。

"喂，芳山，走吧。我帮你把包拿来了！"

吾朗大声说着，哐当一声推开教室的门走了进来。看到空无一人的教室，他回过头望了望跟进来的一夫，皱起眉头。

"搞什么呀，垃圾还没倒完吗。肯定不晓得碰上了谁，一起叽叽呱呱去了。女生就是喜欢扯八卦。"

"唔……不会吧。"

一夫白皙的脸庞上依旧是一副恍惚的神情，黑色的眼珠转了几圈，伸手指向开着的理科实验室的门说：

"是在实验室里吧。放扫帚去了。"

吾朗没搭话，提着自己与和子两个人的书包摇摇晃晃走进实验室里。

"果然还是不在！"

吾朗像是打赌赢了一样叫道。

话音刚落，又发出一声女人般尖锐的悲号。一夫意识到那是吾朗的尖叫，赶忙慌慌张张地奔进了实验室。只见芳山和子倒在地上，吾朗傻站在一边。

"和子这是怎、怎么了？死了？"

吾朗用颤抖的声音对一夫说。

"别讲傻话，怎么可能死了。"

一夫来到和子身边，轻轻摸了摸她的手腕，把了把她的脉，随后把她的上半身扶起来。

"没事的。来,你帮忙抬一下她的脚。"

"干、干什么?"

"这不是明摆着的吗? 去医务室啊。看起来她像是贫血晕倒了。"

一夫和吾朗抬起和子软绵绵的身子,把她抬到医务室。医务室里一个人也没有。他们把和子放在床上。

"我去叫个老师过来,"一夫对吾朗说,"你去把那边的窗户打开,然后弄点水,给芳山的额头冰一冰。"

吾朗惴惴不安地点点头,没有说话。一夫出去之后,吾朗打开窗户,用水浸湿了自己的手帕,轻轻地放在和子白皙的额头上。

"一定是太累了,"吾朗带着哭腔说,"那么大的教室,只让三个人打扫,岂有此理嘛。"

一夫还不回来。吾朗于是不停地取下干掉的手帕,浸了水,再敷在和子的额头上。

"快醒过来嘛,哪,芳山。"

吾朗都快要哭了。

终于,一夫带着还在办公室的福岛老师回来了。福岛老师是三个人的理科老师。

"唔,贫血昏厥了啊。"

老师简单查看了一下和子的情况,说。

正说着,和子醒了过来。

"啊······我、我怎么了?"

"你因为贫血昏倒了,在实验室里······"

听到一夫的话,和子想起了刚才的事。她稍稍休息了一会儿,把遇上那个奇怪人影的事告诉了大家。

"哎! 还有这种事?"

大家面面相觑。

"不过,有点奇怪的是······"一夫说,"找到你的时候,桌子上没有药瓶,没有试管,也没有你说的那种气味啊。"

"啊,真的?"和子吃了一惊,"奇怪,我明明······"

嘟囔了一半,和子从床上爬起来。

"那我就去再看一次。大家跟我一起去吧。"

福岛老师赶忙摆手。

"喂喂,我说,贫血的人一定要静养。你身体没事了?"

"嗯,没事了。"

"是吗。好吧,那我也一起去。"

老师也站了起来。

四个人又一次回到实验室。确实就像一夫说的,桌子上什么都没有。地上也干干净净的,那些试管碎片都消失得无影无踪。

"真奇怪呀……"

福岛老师问陷入沉思的和子:"你说你闻到一股气味,是什么气味?"

"甜甜的气味,是什么来着……"

和子猛地拍了下手。她终于想起来了。

"对了! 是薰衣草的气味!"

"薰衣草?"

"是的。大概是我上小学的时候吧,妈妈有过一种香水,闻上去有薰衣草的味道。对,确实就和那瓶香水的气味一样!"

和子说着,又陷入了沉思。

——不单单是气味……薰衣草的芬芳里,还有什么别的记忆……而且是个很重要的记忆……

但是,和子想不起来了。

3

地动山摇

理科实验室的事件发生之后两三天，和子发现自己身体状况有点怪异。

说是说有点怪异，其实倒也不是有什么地方出了毛病，也没有什么不舒服的感觉，只是总觉得身子很轻，像随时都要飘起来似的，又好像有一种特别没有自信的感觉，似乎不晓得自己什么时候会突然干出什么莫名其妙的事一样。

这种状态与其说是身体上的怪异，不如说是精神状态上的。至于说原因，和子隐约感到，应该和实验室里的那股薰衣草的气味有关。对，一定是的。

　　三天后的晚上又发生了一件事。

　　和子做完作业已经十一点了，她钻进了被窝。白天刚打过篮球比赛，按理说应该累得呼呼大睡才对，可和子怎么也睡不着。她的脑袋清醒得要命，眼睛刚一闭上立刻又睁得大大的。和子就这么瞪着房间的天花板，然后又不禁想起了三天前的事。

　　就在这时候，房间里突然响起了嘎啦嘎啦的声音，和子的床也开始上下震动起来。

　　——地震了！刚一这么想，床又开始横着晃了起来，房间的柱子也发出吱啦吱啦的声音。不得了，大地震！

　　"啊！"

　　和子尖叫着猛地跳了起来。她最怕地震了。

　　和子只穿了件睡袍就从房间里逃出来，沿着走廊往玄关跑去。走廊的窗户玻璃砰砰作响。

　　就在和子拉开玄关的门的时候，震动停止了。这时候妈妈和妹妹也一脸惊慌地起了床。

　　"还会有余震，肯定的，"和子说，"余震结束前，我要待在院子里。"

　　和子一家来到院子里。外面的风有点冷，她微微地打了个寒战。余震很快就来了，不过强度并不大。
和子一家都松了一口气，回到房子里。和子又一次钻
进自己的被窝，心脏还在怦怦乱跳。

这下更睡不着了。好不容易开始迷迷糊糊的时
候，突然家门前的马路上又传来了尖叫和呼喊。

"着火了!"

"失火了! 失火了!"

怎么一下子发生这么多事情呀？和子都快要哭
了，又一次从床上跳起来。

拉开蕾丝窗帘，和子隔着玻璃从窗户望出去，只
见大约两个街区之外有一个烟囱笼罩在烟雾里，那是
澡堂的烟囱。

——哇！和子大吃一惊。澡堂的旁边就是卖厨
房杂货的浅仓吾朗家了。

这时候有两辆消防车呜啦呜啦地叫着从门前的
马路上开了过去。

——快去看看！和子在睡衣外面披了件外套，冲
出房间。

"去哪儿?"

　　妈妈隔着拉门在自己的房间问。

　　"浅仓家那边失火了,我去看看!"

　　"别去,太危险了!"

　　和子装作没听见妈妈的话,趿上木屐冲了出去。失火的地方已经挤了好多看热闹的人。火好像是从澡堂后门附近的厨房烧起来的。浅仓杂货店暂时没受到波及。

　　"请让开! 不要往前挤! 别妨碍救火!"

　　警察一边嘶哑地叫喊,一边把穿着睡衣看热闹的人们往后赶。

　　"听说是刚才的地震弄翻了厨房的煤气炉起的火。"

　　和子身边的两个看热闹的男人说。

　　"你也在这儿?"

　　和子的肩膀被谁拍了一下,她回过头一看,原来是穿着睡衣的深町一夫。

　　"啊,深町! 我担心浅仓,过来看看。"

　　"我也是。不过看起来没事了,小火灾而已,马上就能灭了吧。"

　　一夫慢悠悠地说。

　　火很快就被扑灭了。一夫与和子也见到了穿着睡衣跑到外面的吾朗。看到他没事，两个人说了几句话，也就各自回去了。

　　那一天晚上，和子凌晨三点才睡。实在是累得不行了。

　　睡梦中，和子做的尽是些古怪的梦。

　　燃烧的火焰势头凶猛，黑色的人影在天空中飞翔。和子正觉得怪异，画面忽然又扭曲起来，不成形状的理科实验室包围了和子，剧烈地摇晃着。

　　睁开眼睛的时候和子身上都是冷汗。好像是做了整夜的噩梦一样。

　　清晨的光线把蕾丝的影子映在房间的地板上。

　　——几点了？和子迷迷糊糊地想着，探头看了看闹钟，随即一下子从床上跳了起来——迟到了！

　　三口两口扒了点早饭，和子冲出家门。严重的睡眠不足让她的脑袋隐隐作痛，脚下也软绵绵的没什么力气。

　　冲上大路，在红绿信号灯的前面，和子看到了浅仓吾朗的身影。

"你也迟到了?"

听到背后传来的声音,吾朗回过头。看到和子,他的脸上顿时露出一副有人陪着迟到的安心表情,回答说:"啊,是啊。昨天夜里失火以后一直没睡着,然后就睡过头了。"

这时候信号灯变绿了,两个人赶忙跳上人行横道线小跑起来。

就在他们快要跑到一半的时候——

"危险!"

不晓得谁大叫了一声,把和子吓了一跳。紧挨着身边,警笛声大作。原来一辆卡车闯过红灯朝着和子他们的方向猛冲过来。

和子慌忙想往后退,可是一转身便和冲在后面的吾朗狠狠撞在一起。

两个人都倒在了车道上。和子倒向柏油路的时候,恰好看见朝自己迫来的大卡车的巨大车轮。那车轮距离和子的身体不到三米的距离。

——要被轧了!

和子紧紧闭上双眼。

4

梦与现实之间

　　一瞬间和子的脑海中闪过无数画面,多到让她眼花缭乱的地步。

　　——要死了! 要被车轧死了! 和子浑身颤抖。

　　——早知道这样,还不如多睡一会儿。就因为睡得少了,昏昏沉沉的,才遇到这种事! 可是已经晚了。和子禁不住带着祈祷的心情怀念起自己床上温暖的被窝了——当然,这些都只是短短的一瞬而已。终于,连柏油马路都在迫向和子的巨大车轮下震颤起来。和子更加用力地闭上眼睛。

　　——完了!

可是，两秒过去了，三秒过去了，十秒过去了，什么都没有发生。

怎么了？

和子失去了知觉。

不知道什么时候，有一股暖暖的感觉围绕在周围。临死之前和子所企盼的、在自己被窝里的温暖而安心的感觉真的出现了。

和子惊讶地睁开眼睛。清晨的光线透过蕾丝窗帘照进房里。她还穿着睡衣躺在床上。和子正身处在自己的卧室里。

原来是做梦呀——和子恍然大悟。

但是，真的是梦吗？梦里的场景未免太真实了吧。汽车的警笛、浅仓吾朗的尖叫、路上行人的喊声，那些声音直到现在依然在她的耳边清晰地回响着。不对，那不可能是梦。

和子的头突然疼了起来。

她看了看闹钟，七点半。离上学还有大把时间，足够自己悠哉游哉地吃早饭。可是刚才自己睁开眼睛的时候已经晚了，所以才会慌慌张张跳下床，所以才会差点被卡车轧！这么说，果然还是做梦？……如果不是做梦的话，那就是时间倒流了……怎么可能有这种事嘛！

和子慢吞吞地爬起床。

家里一切如常。妈妈与妹妹们都和平时一样热热闹闹地吃着早点。

然而和子完全没有食欲。她匆匆离开了家。

——这是第二次了，她模模糊糊地想着。要是再发生什么怪事，自己就要神经错乱了，她想。出了家门，走上大路，来到十字路口。所有这一切都是第二次了。但是这回没遇到吾朗，也没有闯红灯的失控卡车。和子安然无恙地走进了校门。

和子在教室里四下张望，想寻找吾朗的身影，但他好像还没到学校。如果见到吾朗，应该就能弄清差点被卡车撞到的事到底是做梦还是真的发生过了。

"哎呀，今天很早啊。"

背后有人向和子打招呼，是深町一夫。

"嘿，早。"

和子应了一声，想要把早上的怪异事件告诉他。

一夫脑子很好，思维也很成熟，应该能给出一个有说服力的解释吧，和子想。不过她转念又想，还是等吾朗来了之后三个人一起说的好。

"怎么了？脸色有点不好嘛。"

一夫说。他是个很细心的人。

"唔，没什么啦。"

和子轻轻摇了摇头。

"昨天晚上又是地震又是火灾的，没睡好而已……"

和子随口一说，然而一夫脸上却露出吃惊的表情，瞪大了眼睛望着她。

"啊？昨天晚上有地震？还有火灾？我怎么一点都不知道？"

"什么呀，别开玩笑！"

这次是和子惊讶地叫出声来。

"好大的地震，然后浅仓家差点着火了！而且我们不是还在浅仓家门口碰上的嘛！"

"什、什么？我和你吗？……你是做梦了吧？"

——做梦？说我是做梦？

和子怔怔地望着一夫一本正经的脸。

5

昨天做过的题目

那场地震,还有吾朗家旁边澡堂的失火全都是做梦吗?黑暗中火焰的色彩、与一夫谈话的内容,依然鲜活地印在自己的脑海里——难道那些全都是梦吗?

——啊呀,我的记忆到底怎么了!

和子绝望地垂下了头。

"可是,可是我昨天夜里确实见到你了……"

和子小声喃喃自语,一夫几乎听不到她在说什么。他只好把耳朵凑到和子的嘴边。

和子继续喃喃自语:

"你……你还穿着睡衣……"

"你果然是在做梦。"

一夫稍稍站直了身子,用略大的声音斩钉截铁地说:

"本来我还在想,你说你碰到了我,我却不记得有这件事,难不成是我梦游了。可是,如果说你看到我穿着睡衣,那就肯定是你在做梦了,因为我根本就没有睡衣这样的东西。"

"是吗……"和子无力地点点头,"这么说,真的是做梦啊……"

——不对,那绝对不会是梦!

和子内心深处仍在继续叫喊着。

"呀,早啊。"

吾朗也来到学校了。一夫立刻问吾朗。

"啊,浅仓,听说昨天晚上你家差点失火了,真的吗?"

"什、什么?"吾朗挺直了矮矮的身子,仰着天生的红脸抬头看着一夫,"不要乱开玩笑。谁造的谣?"

一夫连忙说:"啊,那是我听错了。好了好了,没事了没事了,我就是随便问问……"

对于袒护自己的一夫，和子很感激，但她心中的不安依然没有消解。

终于第一堂课开始了。这是数学课。看到胖墩墩的小松老师开始在黑板上写的方程式，和子吃了一惊。这不是昨天做过的题目吗？而且昨天小松老师也是在这个时候写的，还把和子叫上讲台解题，她可是费了九牛二虎之力才好不容易解出来的。

"哇，昨天做过的题目呀。"

和子情不自禁地嘟囔了一句。坐在旁边的神谷真理子惊讶地看了和子一眼。

"哎呀，你知道老师出的题目？"

"不是啊，不过这个题目昨天已经讲过了，你不记得了？"

"哪有这种事，昨天没有这样的题目，是第一次碰到的呀。"

"怎么会呢？我们看看笔记就知道了。"

和子带着一种不祥的预感急急打开了笔记本。昨天明明已经写过了的纸上，此刻却是一片空白，和白纸一模一样。和子差点"哎哟"一声叫出来。这一

页上写的题目和答案都跑到哪里去了！和子的脸色
变得和纸一样煞白。神谷真理子担心地望着她。

"好了，谁来解一下这道题？"

小松老师写完题目，扫视了一圈教室，动作和昨
天一模一样。和子感觉到，在旁边盯着自己的真理子
的脸、眼镜反着光的小松老师的脸，还有黑板上的题
目全都在眼前旋转起来。她不禁闭上了眼睛。

——和昨天一样，什么都一样……老师要叫我的
名字了，就像昨天一样。

"芳山，你来做吧。"

小松老师果然点了和子的名。

"啊，是……"

和子慌忙站起身，到讲台上拿了粉笔，把昨天刚
刚做过的，还记得清清楚楚的答案一口气写下去。

也许这才是梦吧。地震、火灾、被卡车轧，那些才
是现实——和子想。真是一场噩梦！

"哈，出乎意料的流利嘛。"

小松老师像是有点吃惊，不停地眨着眼睛。和子
朝老师鞠了一躬，回到了自己的座位，随后悄悄地喊

真理子。

　　"喂,神谷。"

　　"嗯,什么?"

　　"今天是十九号,星期三吧?"

　　"唔⋯⋯"

真理子想了想,摇了摇头。

　　"不对。今天应该是十八号,星期二。"

6

反常的星期二

那天的课和子一点儿也没听进去。因为不管什么课,讲的都是昨天上过的内容。

回到家里和子仍然试图理解从昨天晚上开始的不可思议的事件,然而只有越想越糊涂。

难道说真的时间倒流了?十九号的早晨突然跳回到了十八号的早晨去?哎呀哎呀,不会不会。因为其他人没有一个觉得时间倒转呀!

和子一个人苦苦思索。

——如此说来,会不会只有我一个人倒转了一天的时间?啊,这倒是可以解释所有的事情。但是,为什么会这样呢?

突然间和子想起了一件事。

糟糕!假如今天真的是昨天——也就是说,今天是十八号,那地震岂不就在今晚?还有,浅仓吾朗家差点失火的事也是……和子霎时变得坐立不安,扔开了手边的作业——连这作业都是昨天做过的。

得了,作业什么的已经管不了了。和子一边想一边从家里走出来。

她也不知道要去什么地方,只是想要找个人说说这件事。一开始她想去找吾朗,可是和子也知道吾朗只是表面上看起来坚强,实际是个非常柔弱的人。倒是深町一夫看起来迷迷糊糊的,其实人很沉着,头脑也很好。

和子朝一夫的家走去。

一夫的家是漂亮的西洋式两层建筑。进了玄关,右手边有个温室,常年开放着珍贵的花卉。和子忽然意识到一夫的家里弥漫着一股芬芳。那是薰衣草的芳香。

"啊,这里也有薰衣草啊……"

和子自言自语了一声,深深吸了一口这股香气。这是一夫的父亲在温室里种的吧。以前来一夫家玩的时候曾经看到过他父亲在温室里打理花草的样子。

薰衣草是一种常年绿色、个头不高的唇形科植物,原产于欧洲南部。它会开出淡紫色的花,气味很香,一直都被用作香水的原料——这些都是一夫的父亲教给和子的。

理科实验室里的香气和这个气味一样。那个时候自己隐约觉得有些什么回忆,就是想到了一夫的家吗?——和子下意识地想着,走到玄关前,这时一夫房间的窗开了,露出一夫和吾朗的脸。

"啊,芳山来了。"

吾朗似乎也是来玩的。

"怎么了? 别站在那儿了,进来吧。现在家里谁都不在哟。"

和子向一夫点点头,一夫是独子,这是他学习的房间,和子以前也来过两三次。

和子一进来,吾朗和一夫立刻注意到她的脸色不好,关心地问:"怎么了? 有什么担心的事吗?"

"有什么担心的事,和我说说看。"

吾朗一边说,一边夸张地点头以示强调。

"我有话要对你们说。"

和子只说了这一句,随后在两个人面前郑重其事地跪坐下来。

一夫和吾朗见了,也连忙正经地跪坐起来。

"什么事啊? 这么一本正经的……"

到底说还是不说,一瞬间和子犹豫了——他们能相信我吗? 恐怕是不会信的。可是,一直不说的话,自己就只能一个人承担下去了,这一点是我无法忍受的——和子想来想去,还是开了口。

"我要告诉你们一件非常难以置信的事。我自己也不知道能不能说清楚……但是不管怎么样,你们不能笑我,一定要听到最后。"

然后和子从昨天夜里地震的事开始讲起,一直说到今天上课时候才明白的时间倒转。

一夫和吾朗仿佛被和子的话深深吸引住了,别说笑了,连动都不动,屏息静气地竖起耳朵听。

和子的话说完之后,两个人都长出了一口气。

"信不信随你们。我只是要把这件事情告诉你们——虽然这事连我自己也难以相信。但是有一样，我说的这些真的都是我亲身经历过的。绝对不是做梦。这一点我可以肯定。"

"唔……"

一夫和吾朗陷入了沉思。要说和子是在瞎说的话，她的表情未免也装得太像了。

"虽然我很想相信……"吾朗慢慢地说，"既然是芳山说的，我很愿意相信……但是，我还是觉得，应该是有什么地方弄错了吧。"

——果然不信啊。和子一下泄了气。

吾朗连忙辩解似的说："我不是不相信啊，不、不过是这样的吧？时间倒回去一天，这种事……"

"等等，浅仓，"一夫拦住涨红了脸的吾朗，对和子说，"弄不好你有超能力也说不定。"

"什么，超能力？"

"嗯，具体情况我也说不太清楚，不过以前曾经在书上读到过，世界上偶尔会出现一些具有超能力的人。这些人可以一瞬间移动到自己想去的地方。好像就叫瞬间移动吧。你一定是在快要被车轧到的时候使用了连你自己都不知道的超能力,同时进行了瞬间移动和时间跳跃吧。"

"胡、胡说!分明是胡说八道!"吾朗不停摇头,"怎么可能有这种事!不科学!反常识!"

"但是世界上也经常发生常识解释不了的事情。"

一夫此言一出,吾朗便转身对着他,针锋相对地叫道:

"没有证据!你能证明吗?"

"能证明的,"和子插进来说,"今天夜里会有地震。然后,浅仓,你家会险些失火。"

"别、别咒我!"

吾朗瞪圆了眼睛,矮矮胖胖的身子开始发起抖来。

7

等到夜里!

"你说什么哪!"

吾朗脸气得通红。这也情有可原。不管是谁,被人当面告诉说自家隔壁夜里会失火,还会波及到自己家,不发火才怪呢。

"这是真的呀。"

和子也知道不该吓唬吾朗,但不这么做就没办法证明自己说的是事实。她急得都快哭了。

"混、混蛋……混蛋……"

脾气本来就暴躁的吾朗,气得不知道该说什么好。他猛地站起来,转身冲出了房间。

"哎呀呀,生气了,怎么办啊?"

和子与一夫面面相觑。一夫皱着眉,似乎也有点不知所措。

"那家伙虽然是个好人,可就是脾气太暴了……总之到了夜里就能知道你说的到底对不对了。"

左等右等吾朗也不回来,一夫决定出去找他,却发现他躲在玄关隔间的电话旁边翻看电话黄页。

"你在干啥呢?"

一夫问。

吾朗回答说:"找精神病院的电话。"

一夫吓了一跳,赶紧把电话本抢了过来。

"喂,我说,别这样。芳山也很可怜。你真打算把自己朋友送进精神病院哪?!"

"我又有什么办法,"吾朗生气地反驳说,"芳山的脑子绝对有问题。不早点送去让医生看看,说不定就真成了精神病!"

"等一下。芳山到底是不是病了,你有确凿的证据吗?"

"哈,难道说她都那样了,你还认为她正常吗?"

"可万一要是今天夜里真的发生了地震和火灾怎么办?"

"怎么可能!"

"你虽然这么说,但不到夜里可就说不定哦。"

一夫凑近吾朗,小声说:"喂,不管怎么样,先等到夜里看看会发生什么事吧。要是什么都没发生的话,那就随你喜欢,爱往哪儿打电话就打。真要给精神病院打电话,明天也不算晚吧?"

"唔……"

吾朗勉强同意了。

那一天从一夫家回来,和子还是提不起精神,连晚饭都咽不下去。饭菜都和昨天已经吃过的一模一样,饭桌上妈妈和妹妹们说的话也像是排练好的一样,和昨天都是一样的话题。

——真像是在演戏啊!

和子想。妈妈问了一句,"和子,你的脸色不太好呀。怎么了?"

只有这句话才和昨天不一样。

家庭作业也没心思做。作业本来都已经写过的,现在已经全从本子上消失了。虽然都能记得答案，但也实在懒得再写一次了。

因为无事可做，和子只有上床睡觉。但因为知道会有地震，所以睡也睡不着。和子没办法，最后只能穿着衣服躺在床上看高考的参考书。整件事惟一的好处大概就是对于考试来说多了一天的复习时间吧。

不知不觉中和子睡意朦胧，把参考书盖在脸上沉沉睡去。

咚咚咚，大地发出沉沉的响声，紧随而来的就是左右摇晃。地震了！

"瞧，来了！"

和子立刻跳了起来。这时候妈妈和妹妹们纷纷叫喊着从房间里跑了出来。

"别那么慌嘛，又不是什么大地震。"

和子告诉妹妹们，让她们安心，然后自己走出家门朝浅仓吾朗家走去。再过一会儿那边的澡堂就应该失火了。虽然知道不是大火，但还是早点告诉大家的好。

本来因为知道肯定会有火灾，所以一边跑一边大

喊"失火啦!"应该也没什么关系,不过万一还没有大
到可以称之为"失火"的程度,难免会被大家怪罪为喜
欢大惊小怪的孩子。

　　和子来到澡堂门口,却发现这里和昨天不一样,
一个人都没有。然而在后门的方向已经可以看见混
着白烟的红色火苗了。和子刚想大叫"失火啦!",却
又忽然停了下来。她担心的是,如果自己成了火灾的
发现者,浅仓吾朗会怎么想呢?

　　吾朗对自己说的话可是一点都不相信的。说不
定他会认为是自己为了让预言成真,特意跑来放火
呢! 事情真要变成那样可就糟了。自己成了纵火犯,
会被警察抓走的!

　　——和子越想越怕,禁不住打了个冷颤。

　　那该怎么办才好? 只能像个呆子一样站在这里,
眼睁睁看着火势扩大,什么也不做吗?

8

竟然穿着睡衣?

正在这时,澡堂斜对面米店的一个名叫阿新的年轻人刚好拿着洗澡用具从澡堂里走出来。他看见后门冒出来的火光,先是怔了一下,随即扯着嗓子叫喊起来:

"着、着火啦!着火啦!"

声嘶力竭的喊声回荡在夜空里。

一会儿工夫,各家店铺的门窗纷纷打开,附近的人聚集过来。

"快给消防局打电话!快!"

"好像正在打。"

"哪边着的火?"

"澡堂的厨房!"

很快消防车来了,警察开始维持秩序。这么短的时间里竟然能聚起这么多看热闹的人,让和子吃惊不小。

"芳山,被你的预言说中了!"

从家里跑出来的浅仓吾朗在人群中一眼看见和子的身影,立即跑过来,表情不自然地叫道。

"芳山说的事情果然都是真的!"

不知道什么时候,深町一夫站在他们背后平静地说。他静静地站在和子身后,脸上也显出少许不自然的表情。

"啊呀,深町!"

和子看到一夫穿的睡衣,想起了早上和他的对话,禁不住脱口而出。

"你不是没有睡衣的吗?"

一夫有点忸怩,小声说,"唔,这个这个……到昨天为止我都是穿运动衫睡觉的,但是今天睡觉以前妈妈拿给我这件睡衣,让我从今天开始穿睡衣睡觉。大概因为觉得我的运动衫小了，所以今天白天刚刚才买的。"

一夫和吾朗盯着和子看。

"和子果然是有预言能力的啊。"

吾朗心服口服地说。

和子连忙摇头。

"不是预言能力，而是一种比预言能力更奇怪的力量。我自己也很吃惊，很困惑……"

"为什么？"

"因为我居然有这种怪异的能力啊。照这样下去，我岂不是连什么时候会跳回原来的时间都不知道？而且还要像今天一样跟你们费劲解释半天。"

"哎呀，那个不用担心啦，"吾朗瞪大眼睛拼命摇头，"我已经不会再怀疑芳山的能力了。"

一夫扑哧笑了出来。

"白天的时候不管怎么解释你好像都不信哦。"

吾朗绷起脸。

"啊，是吗……虽然是那样……"

吾朗的尴尬并没有让和子觉得想笑。

"好烦哪，我可不想变成这样……能不能变回去啊？"

吾朗抬起头。

"可是你的能力……唔，那个词是怎么说来着的？"

吾朗看着一夫。一夫说："瞬间移动。"

吾朗点点头："就是这个。这个瞬间移动可是了不起的能力啊。"

"可能是吧，但是只有我一个人有这种能力的话，我可不喜欢。因为……瞧，就像你们现在看我的这种眼神，都和以前不一样了。就好像我成了怪物……"

"你太神经质了。"

一夫苦笑起来。

"可是，这是事实啊！"和子叫起来，声音有点歇斯底里，"要是大家都知道了我的这个能力，肯定都会认为我已经不是正常人了！"

"好了好了，冷静一下，"一夫安慰越说越激动的和子说，"你是不是真有这个能力，现在其实还不能确定。根据你说的话看,时间倒转的事现在只发生过一次,对吧？所以这个说不定只是偶然的。而且就算你有这种能力,说不定也只是一次性的能力呢？"

"嗯,可是我讨厌连自己都不知道什么时候又会瞬间移动啊！"

和子说完,咬住自己的嘴唇。

这时候火被扑灭了,看热闹的人也慢慢散去。三个人约好明天再说这件事,先各自回家去。

那天夜里,和子在床上翻来覆去地想。

——我还是和谁谈谈看吧。和老师谈吗？和哪个老师谈才好呢？会有老师认认真真听我说完吗？会相信我吗？

胡思乱想中,和子迷迷糊糊地睡着了。睁开眼睛的时候,早晨的阳光已经充满了房间,蕾丝的影子落在床上。哎呀！和子慌慌张张从床上起来。

今天是十九号星期三。这不正是快迟到的和子和吾朗赶着上学、在过街的时候要被闯红灯的大卡车撞到的日子吗?!

——完了。为什么昨天夜里我没有提醒吾朗注意啊。直到现在才想起这件事……

　　和子看了一眼闹钟。好像还来得及。和子赶快洗了脸,草草吃了早饭,冲出家去。

9

失控的卡车

　　吾朗还没到十字路口。和子松了一口气,在人行横道前面停下脚步。

　　——嗯,浅仓因为要迟到了,应该会慌慌张张跑过来的吧。

　　不过和子觉得有点尴尬的是,她这样呆呆地站在人行横道前面,从她身边经过的同学和行人纷纷朝她投来不解的目光。

　　——要是有人问我在干什么,我怎么回答才好?难不成告诉他们说,我在这里等着把浅仓从卡车车轮下救出来? 真要这么说的话,大概谁都会以为我是临考前看辅导书看傻了吧。

　　她正在胡思乱想,班上坐在她旁边的神谷真理子来了。

　　"啊,芳山,站在这里干什么?"

　　——啊呀,来了!

　　芳山忸怩了一下,无可奈何地回答,"唔,在等浅仓。"

　　这明明是大实话,可真理子却好像想歪了。

　　"啊呀呀,浅仓啊……"

　　真理子脸上显出诡异的笑容。她似乎有点嫉妒和子与深町一夫和浅仓吾朗那么亲密。

　　她说:"嘿嘿,我一直以为芳山更喜欢深町呢。"

　　"别开玩笑!"

　　和子一下子红了脸。被误会了,跳进黄河也洗不清。

　　"不、不是那样的。"

　　"好啦好啦。"

　　真理子大笑起来,轻轻拍了拍和子的肩膀,走上人行横道。

"不用解释啦。不过呢,浅仓可是经常迟到的,你可别被他连累得迟到!"

——讨厌的神谷!

真理子的身影消失之后,和子生气地跺了跺脚。

终于,吾朗上气不接下气地跑来了。这时候刚好是红灯,他在和子身边站住,拼命喘着气说:"早啊!要迟到了吧!"

——我迟到还不是都怪你! 和子很想骂他,但是现在不是骂人的时候。现在要想的是怎么能在信号灯变绿的时候拉住吾朗。因为要迟到了,信号灯一变吾朗肯定会冲出去的。

"据说越要迟到的时候越容易被车撞到。"

和子这样一说,吾朗显得有点不高兴。

"你尽说些晦气话!"

"可这是事实啊。"

"你的母性之爱太多了。知道啦,小心点就是了。"

"嗯。信号灯变了也别急遑遑的跳出去哦。"

"知道啦,知道啦!"

这时候,绿灯亮了。

　　吾朗故意夸张地往两边看了看,然后一脚踏上人行横道线。

　　"等等!"

　　和子在他背后大叫。

　　从十字路口的另一边,大卡车冲了过来。吾朗吓了一跳,慌张地退回人行道上。

　　"哇,干什么哪,那个车!"

　　卡车从吾朗面前呼啸而过。巨大的车身剧烈摇晃着,以凶猛的势头撞上人行道。霎时间周围响起了路人的惊叫。

　　"司机睡着了!"

　　吾朗与和子都倒抽了一口冷气。

　　卡车把路边充当垃圾箱的铁桶撞飞了。铁桶撞上一个上班族的上半身,把他撞倒在路旁的石板路上。

　　卡车又撞飞了一个年轻少妇,最后撞进西洋杂货店的店门。橱窗玻璃粉碎时发出哗啦啦的响声,碎屑四下飞散。

　　车头正面的玻璃全碎了,卡车前半部分变了形。

发动机开始冒烟。

"救命!"

杂货店里一个中年人一边叫一边往外跑,他的腿好像受伤了,全身都是血,非常可怕,简直不像是这个世界的人。

店里到处都是女人求救的尖叫。

近在咫尺的惨状,将和子与吾朗吓得魂飞魄散。

10

找到了商量的对象

路口顿时一片混乱。附近的人们纷纷赶到事故现场。警车、救护车,拉着警报开了过来。看热闹的人也来了……两个人怔怔地看着这一切。

吾朗愕然看着和子:

"和你在一起,尽会碰上怪事啊。"

"说什么啊你!"

和子对吾朗怒目而视。面对气势汹汹的和子,吾朗有点害怕了。

"怎、怎么了?生什么气嘛。看到这个事故,被吓傻了吧?"

"不是那么回事!"

和子与吾朗突然意识到自己早就迟到了,赶忙慌慌张张地跑起来。在路上和子把事情的原委告诉了吾朗,最后说:"要是我在那里没拦住你的话,你和我都……"

吾朗哆嗦了一下,颤抖起来:

"会被那辆卡车轧到?"

"嗯。"

两个人来到教室的时候,课已经开始了。

讲台上的福岛老师看见两个人,脸上闪过一丝促狭的笑容:

"哟,小两口一起迟到了呀?"

学生们哄堂大笑。

不过福岛老师看到两个人铁青的脸,意识到问题非同小可,便没有再调侃下去,开始讲课了。

虽然到了座位上,吾朗与和子的胸口还是怦怦乱跳,上课的内容一点都没听进去。

——对了,和福岛老师谈谈看。

和子一边努力把黑板上的内容塞进自己的脑袋

里一边想。

　　——福岛老师从一年级的时候就开始给我们上课了,人很好,而且又是理科老师,应该会给我的事情做一个科学的解释吧? 对了,让吾朗和深町一起来参加吧——

　　这一天,等所有的课都上完的时候,和子、深町一夫、浅仓吾朗三个人也已经讨论好了该怎么和福岛老师说这件事了。那是他们趁着休息时间断断续续讨论出来的。

　　每逢下课三个人就聚在走廊里嘀嘀咕咕的样子,神谷真理子和其他同学看在眼里,都投来怀疑的目光。但是三个人已经顾不了那么多了。

　　放学后,三个人小心翼翼地推开了教师办公室的门。

　　别的老师要是在旁边听到他们说的事,来了兴趣,插进来说些什么的话,就没办法好好商量了。不过幸好福岛老师的座位是在办公室的角落里,很容易避开旁人的视线。三个人围着福岛老师站成一圈,深町一夫喊了一声:“福岛老师。”

正在埋头读科学杂志的老师好像吓了一跳,他抬起头来:

"啊,什么,是你们啊。"

老师看到和子和吾朗的脸,脸上露出得意的笑容:

"特意为了早上的迟到来道歉的吗?"

"和迟到是有点关系……"和子说,"但是,还有更要紧的事……"

"是吗,好吧,那先坐下来吧。"

福岛老师爽快地应着,从旁边拿过椅子集中在自己周围,让三个人坐下,然后点了一支烟。

"什么事情啊,更要紧的……?"

按照三个人事先商量好的,说话条理最清晰的深町一夫往前凑了凑,开始慢慢地讲述起来。

"老师,接下来我们告诉您的事情希望您能听到最后,不要发笑。因为一般人听到我们说的事,都会觉得我们是在发傻而一笑了之。我们也一直在犹豫,不知道到底该和哪位老师说才好。商量了半天,最后才决定和福岛老师您来说这件事。"

"唔……"笑容从福岛老师的脸上消失了,"好像是个很复杂的事情嘛。"

"是啊。"

"也就是说,你们信任我。好,不管听到什么,我都绝对不会笑的。"

"谢谢您,老师。"

一夫似乎心里有了底,可是——和子想——接下来才是最麻烦的。一定要想办法让福岛老师相信才行……

"实际上是芳山的事……"

深町一夫开始以清晰冷静的声音讲述起来。

11

穿越时空

"唔,原来如此……"

深町一夫讲了很久,终于把发生在和子身上的事情说完了。福岛老师长长出了一口气,陷入了沉思。

和子眼巴巴地望着福岛老师,眼光里满是祈求,整个人也显得坐立不安。

——相信我吧,老师!如果连福岛老师都不相信我,那跟谁说都没用了!——要是这样叫起来的话,那声音肯定就跟哭出来一个样,和子默默地想。

"老师,你相不相信一夫说的话?"

浅仓吾朗终于忍耐不住,开口问福岛老师。吾朗迫切的语气替和子问出了她最想知道的问题。

福岛老师慢慢地把三个人的脸看了一圈,轻轻点了点头。

"当然相信。你们不可能费这么大功夫来骗我,而且芳山身上发生的事情是不是真的,看看你们现在的脸色就知道了。"

三个人提到嗓子眼的心顿时落了下来。和子、吾朗、一夫,全都长出了一口气。

——太好了! 果然就是该和福岛老师说这件事!

和子终于放下心来,几乎要喜极而泣了。

"对了,芳山,"福岛老师像是在想着什么事情,出神地望着眼前的空间,问和子,"你遇到这样的事情之后,唔……或者是之前,身体感觉怎么样?"

"嗯,身体上感觉和以前不太一样,就像是飘在空中一样,非常不稳定的……啊,我也不是很说得清……"

"嗯,可以了。那么什么时候开始这种感觉的?"

"我觉得就是那一次星期六放学①的时候,在理科

———————

① 本小说描述的是还没有实行五天工作制时候的故事。——译者

实验室闻到那些药的气味以后。"

福岛老师啪的一声拍了下桌子。

"哦,这么一说我也想起来了。那时候你说你看到一个奇怪的人影来着。"

"对。"

"让我看看,也就是说,是四天前的事儿吧……"

福岛老师在本子上写下日期,又想了一会儿。

"嗯,老师……这种怪事会经常发生吗?"

浅仓吾朗小心翼翼地问:

"我还是很难相信这样的事情竟然会在自己的眼前发生。这种事很多吗?"

福岛老师慢慢地点了点头。

"你的想法也不是没有道理。谁都会这样的。一般人对于这种不可思议的……或者这么说吧,一旦发生了自己所知的科学无法解释的事情,总是会觉得慌乱不安,不再深入研究,而是希望自己赶快遗忘。这是人类出于本能厌恶这种现象。浅仓,你就是这样的吧。"

"嗯,嗯,这个嘛……"

"但是啊,科学这个东西,其实是一种关于方法的学问,是为了要把不确定的东西弄清楚、搞明白而产生的一套方法。所以呢,科学要想发展,前面就一定要有不确定的、不可思议的现象存在才行。"

福岛老师侃侃而谈,眼中闪烁着光芒。和子还是第一次见到这样的福岛老师。一夫和吾朗也被老师的热情吸引住了,用心听着福岛老师的话。

"所以像芳山遇到的这种事应该越多越好,这样科学才会进步。其实世界各地都发生了类似的灵异事件。也有人专门研究这类神秘现象,比如弗兰克·爱德华兹[①]。不过这个人只能算是研究者,不是科学家,他只是把各地发生的事情如实记录下来而已。"

深町一夫问:"这么说,要是老师您的话,该怎么解释芳山遇到的神秘事件呢?"

"我会解释成空间移动与时间跳跃吧。"

"时间跳跃?"

"嗯。世界各地都有类似芳山这样的报道,虽然

①　Frank Edwards,神秘现象研究者,著有 *Stranger Than Science* 一书,1959 年由 Bantam Books 出版。——译者

没有她这么明显。比如，1880 年 9 月 23 日，在美国田
纳西州加勒廷（Gallatin）附近的农场，有一个名叫达比
特·蓝古的人，从他的妻子、两个孩子，还有两个朋
友——一共五个人的眼前凭空消失了。还有美国东
南部海湾一个狭小范围的上空，至今已经有二十架以
上的飞机消失得无影无踪。在这些事件里消失的人
一直都没被找到过，但有一种说法认为，说不定他们
就是穿越了时间，跳到遥远的未来，或者遥远的过去
去了。身体移动的例子也有，某天突然在东京消失的
一个人，在同一时刻被发现出现在非洲金伯利（Kim-
berley）。像这类故事，从古至今都有很多啊。"

12

回到四天前的事发地

　　三个人还是第一次听到这种说法，都很吃惊。

　　"那我身上就是同时发生空间的移动和时间的跳跃了？"

　　福岛老师朝和子点点头。

　　"只有这种解释了。你快被卡车轧到的时候，想到了睡在床上的自己，同时产生一种强烈的愿望，想要从当时的遭遇里逃出来，逃到自己熟悉的时间和地点去，所以你就穿越了时空，回到了过去。"

　　"可是，为什么我……"

　　"为什么你能穿越时空，是吧？"

福岛老师又在本子上写起东西来。他一边写一边说:"我觉得,一定是四天前理科实验室里的那个气味的缘故……你当时是因为闻到有薰衣草香味的药引起贫血然后晕倒的吧?"

"嗯,是的。"

"问题就在那个药上。是不是那个药给了你这种能力呢? 不过你对自己具有的这种能力,不是很喜欢吧?"

"对,一点也不喜欢!"和子往前探身,像是要叫起来一样,"我很讨厌只有自己有这种怪异的能力。"

"嗯,说的也是。你是讨厌被别人看作怪人吧?"

福岛老师说着,又朝和子点了点头。和子也朝福岛老师点点头。

"嗯,我明白,这种感觉是……好吧,这样的话,我觉得你还是要用上你的能力,再次回到四天前,回到那个理科实验室的事件现场去看看。"

"啊?"

"四天前?"

三个人都大吃一惊。

"可、可是,怎么回去?"

"该怎么做才对?"

望着急得快要哭了的和子,福岛老师反而显出惊讶的神色。

"当然是穿越时空啊。你不是有这种能力吗,而且都做过一次了。"

"可是,那个时候是要被卡车撞了,受到惊吓所以才······"

福岛老师摆了摆手打断她。

"我明白,我明白。但只要看看芳山在那个时候的心理状态和身体状态,再一次让那种状态重现应该就可以了吧。"

"可是芳山就算穿越时空回到了四天前,到底又能做什么呢?"

深町一夫担心地问。

"芳山需要找到那个制作那个药的人——也就是芳山隐约看见的那个黑影。那个人在做出药之前······然后我想问题就可以解决了。虽然说可能有点危险,但芳山应该是能应付的。"

福岛老师说话的时候一直盯着和子的脸。

和子陷入沉思。

——是啊,如果能让那个人不做那种药,我就应该可以从这个大事件中解放了。

"不过,还是有一个问题……"深町一夫想得似乎比较深,"怎么样才能让芳山正好回到四天前呢……"

福岛老师点点头,对和子说:"是啊。嗯,芳山,你还记得自己快被卡车撞到的时候是一种什么感觉吗?"

"我一点都想不起来了。"

和子有点难过地摇摇头。

"除非再遇上一回那样的事,不然我大概是想不起来的……"

"说的也是啊。"

想起早上发生的事情,浅仓吾朗禁不住颤抖着说道:

"可是又不能让芳山真的再受一次惊吓……"

"好吧,这件事我来想办法。"

福岛老师说着站起身。不知道什么时候其他的

老师都已经回去了,办公室里空荡荡的,夕阳的光线
洒在运动场上。

"你们也回去吧? 一起走吧。"

三个人和福岛老师一起出了校门。晚风渐凉,四
个人沿着新大楼建筑工地的围墙一边走一边说话。

"要是我回到了四天前,你们会帮我吧?"

和子问。

一夫说:"那个好像不行。四天前还没有发生这
种怪事,对吧? 就算你告诉了我,可那时候的我还什
么都不知道,不会相信你的吧。"

浅仓吾朗的脸也红了。

"我肯定更加不信。"

"那就是说,我只能靠我自己一个人的力量解决
这个问题了。"

和子有点难过地说。就在这时,福岛老师突然冲
到快车道上并大叫起来:

"快跑! 上面钢筋掉下来了!"

就在几天前,这里刚刚发生过建筑木材掉落砸伤
行人的事。一夫和吾朗惊叫着跟着老师一起逃往快

车道。

　　但是和子没能逃走。她受的惊吓太大了，连腿都迈不动了。她的脑海中想象出一幅钢筋坠落的画面，身体立刻麻木了。

　　——我要被砸扁了！

　　就在和子这样想的一刹那，她穿越了时空。

13

徘徊在深夜的街角

刹那间和子的身体轻飘飘地浮在空中。她生出一种奇异的感觉,仿佛自己的身体缩成了一团,手脚都动弹不得,像是被一只大手突然抓住举到空中一样。

——快,快点跟着福岛老师他们逃啊,不然我就要被砸扁了!

逃! 和子这样的想法,或者说是她的精神力量,让她的身体浮到了空中。

眼前忽然一片漆黑。耳朵里闪过一道尖锐的声音,随即她失去了知觉。

和子回过神来的时候,时间已经变成了深夜。刚才还是映照在红色夕阳下的墙壁,此刻和子能看见的却只剩下天空中冬日的星辰闪烁着冷冷的光芒。

"福岛老师！……"

和子想喊大家的名字,但只喊了这一声,后面的名字都咽下去了。身边一个人都没有。不知道什么时候,和子已经如她自己企盼的那样身处在快车道上了。但人行道上却也没有本应掉落的钢筋。

——啊……

和子无声地叫起来,双手捂住自己的脸。快车道上看不到来来往往的车辆,福岛老师、吾朗、一夫,当然还有路上的行人,也是连个人影都没有。很明显,眼下这里只是一条深夜里寂静的街道。

——对了！我又穿越时空了！肯定是这样的。

和子抬起头,往四周看去。夜晚的小镇上,只有星星的光芒照射在街道上。路边的楼房映出黑黢黢的影子。夜风冷飕飕的。和子抱住书包,冷得浑身发抖。

——其实没有钢筋掉下来吧。是福岛老师为了让我穿越时空,故意骗我的吧。和子终于明白过来。

　　——可是,现在到底是什么时间? 啊,应该说到底是哪一天。如果真的回到了过去,我到底是回到几天前了呢?

　　福岛老师为了让我产生和要被那个大卡车撞到的时候一样的状态,故意吓唬我,让我害怕的吧。可是,老师会知道我能跳到多少天之前去呢?

　　和子继续想。对了! ——她终于想到了。书包里有笔记本,本子上写着当天上课的内容。看了那个就知道今天是几号了。

　　和子马上打开书包翻出笔记本。借着路灯的光线,和子看到,自己本已写过的昨天和今天的讲课内容都消失了。

　　——这就是说,现在是在两天前,也就是十七号、星期一的夜里,或者是十八号星期二的凌晨。

　　然而冷冷的夜风让和子觉得更可能是星期二的凌晨。

　　——这时候我应该还在自己的床上睡得香香的。

　　和子这样想着,又在清冷的街灯下站住,又遇到难题了。

　　——我在这里！可我也在自己家里！这样一来，这个时刻,这个世界上,难道就有了两个我？一旦回到家里,那里还有一个我……这太荒唐……

　　和子连忙摇头。——可是,这些荒唐的事、让人难以置信的事,从几天前开始就在不断发生啊……我接下来该去哪里才好？如果家里真的还有一个我,我就回不了家了……和子又想要哭了。

　　冷啊。在这里徘徊到早晨会被冻死的。啊,说不定冻死之前就会被巡逻车发现,被当作离家出走的孩子带回警察局。该怎么办哪？……

　　和子不知不觉往自己家走去。

　　——不管怎么说,还是先回家看看吧。从我房间的窗户偷看一下里面,就能知道世界上是不是同时存在两个我了。不过,如果真的从窗户里看到正在睡觉的自己,那份感觉肯定也好不到哪儿去。她一边想,一边有气无力地往家走。

　　和子一路打着寒战回到了家。当然,正门已经锁了。她打开后院围墙的门,悄悄来到窗边。这副样子要是被人看到的话肯定会被当成小偷的，幸好这时候没有警察路过，狗也没有叫。

和子平时总是习惯开着一盏暗暗的小夜灯睡觉，因为太黑了她反而会睡不着。

站在自己房间窗台下的和子，伸长脖子往房间里看。房间里的小夜灯亮着，模模糊糊地映出房间里的样子。和子提心吊胆地往自己的床上看去。

14

回到昨天，回到前天

——啊……

和子长舒了一口气。床上没有人。没有另一个和子睡在那里。世界上同时存在两个同样的人——这一矛盾并没有真的发生。不过，她的床上倒是一副刚刚还有人睡觉的样子，被褥都是乱的。

和子略微安心了一点，但紧接着又开始犯愁，进不了家门啊。窗户从里面锁着。大门也关着。厨房门恐怕也是上了锁的。和子的妈妈每天都把锁门当成头等大事。

怎么办——和子想。

按门铃，叫起妈妈，打开大门——显然行不通。妈妈一直认为和子在睡觉，看到和子在外面，受了惊吓，搞不好还要吓晕过去。外面越来越冷了，和子的脚瑟瑟发抖，牙齿也咯咯直响。房间里真是温暖啊。煤气炉上水壶里的水微微冒着热气，水蒸气在窗玻璃上凝结成水珠。

——真想到房间里去……和子真真切切地想——不然我会在这里冻僵的！

就在这时候，和子忽然感觉到自己的身体又像是要飘到空中了一样。啊，和子吃了一惊。这种感觉就像前面在那个工地旁边感觉到的一样——难道……？

我，现在，可以靠自己的力量、自己的意志、自己的精神力，进行时空穿越了！

身体飘浮起来的感觉越来越强了。和子拼命向房间里集中精神。突然，就像刚才发生过的一样，她的眼前一片漆黑，耳朵里也听到一声尖锐的声音。和子有意识地四肢用力，努力保持和前一次跳跃时一样的状态。

刹那之间，和子被炫目的光线照得睁不开眼。紧接着她发现自己正站在房间里。透过窗户玻璃，正午的阳光从外面照射进来。

"白天了！"和子高兴地叫起来，"啊，我可以穿越时空了！靠我自己的力量！不用任何人帮忙！"

和子太高兴了，情不自禁地大叫起来。不过她很快就捂住了自己的嘴巴。

——不行。被妈妈追问起来就麻烦了！而且我连现在到底是几点都不知道！连上午下午都不知道……如果是学校上课的时间……要被妈妈骂的！就是想解释也解释不清……

和子想着，竖起耳朵听家里的动静。家里静悄悄的。好像妈妈和妹妹都不在。和子放了心。

——对了，我肯定又跳回到过去的时间了。不过今天到底是几号呢？不搞明白这一点就会出大事的——和子赶忙把还抱着的书包打开，再一次拿出笔记本。

本子上写着十四号星期五的上课内容。后面就没有了，都是白纸。

那现在就是星期五的下午了吧——和子想——

这回我跳到五天前去了。不对——和子突然想起一个问题。今天真的是星期五放学后吗？真的是十四号的下午吗？哎呀，是不是也可能是星期六上午呢？也许是因为我现在没去学校，是在家里，所以才没有写星期六的上课内容呢？

啊——和子越想越糊涂。怎么办才能弄明白呢？今天到底是星期五还是星期六？和子想不明白了。看了日历也搞不清。房间里又没有挂钟。

和子悄悄来到走廊上。但愿没人在家……和子一边祈祷一边凑近餐厅。餐厅里有挂钟。

和子小心翼翼地掀开餐厅的帘子。没人。只有挂钟滴滴答答轻轻地响着。现在是十点三十分。

——上午十点三十分。学校这时候正在上第三节课吧——和子赶快回到自己的房间，拿上书包。

得去学校才行。

因为今天一定是星期六。

就是在星期六的放学后，和子遇上了那个让自己卷入这一事件的黑影。而且不就是为了找到那个人，自己才费尽力气回到这个时间的吗？

　　她必须在事件发生的时候再回一次现场,而且必须找到那个在和子面前消失的神秘人物。

　　和子背起书包,悄悄走出家门。但愿路上不要碰到熟人——和子提心吊胆地一边祈祷一边向学校走去。

15

再一次来到现场

来到学校,正好是第三节课和第四节课的中间,十分钟的课间休息。

和子一直在担心,万一自己是在上课中间进入教室,肯定会被老师骂,直到这时候才终于松了一口气。可是当她走进教室的时候,班上同学全都带着惊讶的表情,一下子全围了上来。

"芳山,你去哪儿了?"

坐在和子旁边的神谷真理子用责备的语气问。她的脸色发青,把和子也吓了一跳。

"什么叫我去哪儿了?"

和子反问了一句,谁知道真理子的声音又高了一度,简直都要叫起来了:

"开什么玩笑,你! 第三节课上得好好的,突然你就消失了!"

"消失?"

"嗯,是啊,"浅仓吾朗插进来说,"你就像神谷说的一样,从教室里偷偷溜出去了。大家都很担心啊。而且教室里没有一个人看到你是怎么出去的。连讲台上的老师都没看到你站起来过,也没有人听到开门的声音。"

"是啊是啊,"真理子又用她尖锐的声音说,"就连坐在旁边的我都不知道你什么时候不见的!"

深町一夫站在吾朗身后,还是那副一成不变的恍惚表情,开口说:"芳山,真像魔法一样! 化作一阵轻烟消失得无影无踪了!"

大家说的话,和子终于理解了。

这是解决悖论的方法。未来的和子——也就是回来的和子——在某一时刻出现的同时,原本存在的另一个和子就消失了。

　　教室里的和子突然消失的那个时刻,与未来的和子穿越时空返回到自己房间的时刻相同。

　　——可是,这种事情该怎么向他们解释呢?和子不知道说什么才好。她偷偷看了看深町一夫和浅仓吾朗的脸,显然他们也是不会相信的。自己要到很久以后才向他们解释整个事件,而且眼下这个时刻,连导致事件发生的原因都还没有出现呢。

　　"哎,到底去哪儿了,你?"

　　真理子又歇斯底里地叫了起来。她一碰上自己理解不了的事情就会很毛躁。

　　"啊,我有点不舒服,去了下厕所……"

　　和子想随便找个借口混过去,但是真理子一点都不上当。

　　"去厕所?拿着书包?"

　　真理子用怀疑的眼神上下打量和子,看到她背的书包,开口问。

　　刚好就在这个时候,小松老师走进了教室,同学们这才停住了口,回到各自的座位上。和子也从书包里拿出课本和笔记。这堂课对于和子来说已经是上过一次的了。

后来真理子和同学们好像都忘记了和子的事情一样，直到放学也没有再来追问。和子终于放了心。

但是，放学了。

和子、吾朗和一夫，三个人被福岛老师派去打扫理科教室——也和以前一样。

三个人结束了打扫的时候，校园里已经静悄悄的了。偶尔会有一声开关教室门的声音，回响在空无一人的走廊里——然后，隐约传来肖邦的《波兰舞曲》，不知是谁在音乐教室里弹奏钢琴。

"差不多了吧。我去倒垃圾，你们去把手洗干净。"

"哦，那就交给你了。"

和子一说，一夫和吾朗便并排朝洗手间走去。等他们走开之后，和子赶忙来到隔壁的理科实验室。

洗手间里，吾朗和一夫一边洗手一边交谈。

吾朗说："芳山简直就是拿咱们当小屁孩看。嗤！'去把手洗干净！'"

"唔，是吗……"

一夫还是一副做梦般的神情，含含糊糊地应了一句,依旧慢吞吞地洗着手。

出了洗手间,吾朗去教室拿书包,一夫去办公室向老师汇报打扫完毕。

和子躲在理科实验室的屏风后面,屏息静气地等着那个神秘人影的出现。

好吧,终于要来了吧!可要挺住!和子深吸了一口气,浑身鼓足了劲。就在这时,通往理科教室的门开了,有人轻轻地走了进来。

——来了……

16

入侵者是谁?

　　和子想暂时不让敌人看见自己。

　　敌人——虽然说是敌人，但其实她也不知道对方是不是有加害自己的意思。就连对方是男是女都不知道，但至少和子知道这个屏风对面的、现在正在悄悄潜入理科实验室的"某人"，肯定就是让自己遇到麻烦的人物。正是这个人，让和子吃尽了苦头，让她不得不经历一般人根本不可能经历的事件。

　　入侵者打开了实验室的药品橱柜，像是在里面翻找什么东西似的。药瓶试管之类的玻璃容器发出叮叮的声音，连和子都听得到。

——再等一会儿看看。这个人等下就会开始在桌子上调配那个奇怪的药了吧。在那时候冲出去，人赃俱获的情况下审问犯人比较好——和子这样想。

但是实际上和子还是害怕出去的。如果对方是个凶狠的坏蛋怎么办？要是因为自己的秘密被发现了，猛扑过来怎么办？如果真到了那一步，我是个女生，根本打不过他呀——和子的手脚又不听使唤了。

还是应该事先和谁商量一下，一起来的好，和子想。可是现在已经来不及了。而且就算说了恐怕也没人相信吧。只能靠和子一个人与罪犯战斗，没有其他办法了。

和子要对决的是什么人？是能制造神奇药物、令人具有时间跳跃与瞬间移动的超现实能力的人。他是天才，还是疯子？——或者说，是个科学怪人？

不管对手是谁，和子都必须和他正面交锋。她讨厌自己所具有的超能力。她不想让朋友们把自己看成和其他人不一样的人。所以她必须出去和那个人见面，必须请他让自己恢复原状——也许自己要哄、要骗、要吓唬。可是她也想，自己真能做到这些吗？

她不是很有信心。

而且，和子也想，如果不管自己怎么哀求，那个人都充耳不闻呢？又或者，也许以那个人的能力，根本无法让和子恢复原状呢？——果真如此又该如何？——和子左右为难。

实验室里安静了下来。那个人好像开始调和药剂了。该是出去的时候了——和子虽然这样想，但身子却动弹不得。眼看就要与问题人物对决的紧张感，让和子无法支配自己的身体。

——怎么能这样！吃了那么多苦头好不容易得到的机会！如果不出去和那个人对质，什么都白费了。来这里岂不也没有意义了吗！

和子拼命给自己鼓劲。但越想，她的四肢就越颤抖得厉害。

窝囊废！你怎么这么窝囊！和子在心里暗骂自己。

就在这时候。

"好了芳山，你可以出来了。你从刚才就一直躲在那边，我都清楚得很。"

——那个声音！那个声音是！太过意外了，和子几乎无法相信自己的耳朵。那个声音的主人是——对于和子来说，那个人她太熟悉了。

——怎么可能……怎么可能……是他……

和子从屏风后面小心翼翼地走出来。站在药品橱柜前面、微笑地看着和子的那个神秘人物，竟然是……

"深町……"

和子不禁松了口气。和平时一样，眼神迷离、表情恍惚地望着和子的，正是同班的深町一夫。

我要找的人竟是他——一直和我在一起的深町一夫就是那个神秘人物……和子怎么也不能相信。但是，到了现在这个时候，已经确定无疑了，他就是犯人。只是和子无法接受这个事实。啊不，首先还是要确认，他到底是不是让自己陷入这种困境的元凶。必须要让他亲口承认——和子想。

"那么就是你了？做了那种奇怪的药，让我有了奇怪力量的药？"

和子突然恨起眼前的这个人来。他一直都在自己身边装作没事人一样，不管自己受多大的罪也都只是袖手旁观。和子恨恨地瞪着他，用控诉般的语气说。

"嗯，是啊。可是，我本来也不想让你惹上麻烦的。你之所以会带上那种超能力，完全是个偶然。我不是有意的。我一直瞒着你的理由我等一下解释，但也是为你好，真的。相信我。"

一夫在和子的怒视下有点惴惴不安，吞吞吐吐地解释。

"可是……可是……"

和子突然找不到言辞来问他了。质问也罢、想听的解释也罢，太多太多了。她又叹了一口气。

"我还是不敢相信。你为什么……"

一夫的脸上闪过一丝可怜和子的表情，随即微笑起来。在那份微笑中，却有一种让和子安心的沉稳的大人般的气质。班上同学经常也会摆出成人的架势，但那种假扮出来的成熟和一夫的表情比起来却有着明显的不同。

——这个人不是个简单人物，至少和我们不一样！和子直觉地感觉到这一点。这个人是成年人……

"你……你到底是谁?!"

17

来自未来的少年

"该怎么说才好呢……"

深町一夫略微想了一会儿,然后终于抬头注视和子,轻轻吸了一口气,开始讲述起他的故事。

"和你解释这一切,需要花些时间。但是接下来我要说的都是真的,请你相信这一点——不过也只是这么一说,毕竟你已经经历过很多不可思议的事件了,对于你来说,那些事情虽然难以解释,但你也算是有了很多经验,说不定比起一般人来,你可以更快地理解吧。总而言之,用一句话来说,我,是来自未来的人。"

"来自未来的人?"

和子受到了强烈的冲击。虽然她已经做好了心理准备,不管一夫说什么,都要努力相信他,但这个解释却也太过分了。这个回答超出常识——至少是超出和子的常识。怔了好长一会儿,和子猛地摇起头来。

"没法相信啊!"

"是吧。"

而一夫也只是简单地应了这么一声,似乎早在意料之中一样。他轻轻点了点头。

"也难怪。太科幻了。"

——他是开玩笑吧,和子想。可是,在眼下这个时候我可没有开玩笑的兴致。

"你是说,你是从未来乘时间机器飞来的吗?"

和子故意用一种讽刺的语气问。一夫很严肃地摇了摇头。

"不是的。我用的是和你一样的方法。你知道的,时间跳跃,还有瞬间移动。"

他还真是认真的啊——和子感觉到天旋地转,连忙用力站稳脚跟。

一夫继续说："如果没法相信我说的话，也没什么关系。你就当我是在说故事吧。不管怎么样，你吃了那么多苦头，至少有权利要求我给你一个解释。只不过，我的话再怎么离奇、再怎么不合常理，我也只能这样解释，给不出更有现实性的回答。因为我不愿意撒谎骗你。"

"好吧，你说。"

和子说。事已至此，不管一夫的话有多离奇，也只能听他全部说完再讲。

"好吧，我说。啊，对了，说之前要先把时间停住。有人来了可不好。"

"啊，什么？"

和子吓得叫了起来。一夫没有回答，他从口袋里拿出一个看上去像是半导体收音机一样的东西，拉出天线。

"好了，这样一来，这个世界上能动的、能说话的只有我和你了。你要是以为我是骗你，不妨看看窗户外面。"

一夫推开窗户，招呼和子来看。和子却只是呆呆地看着一夫,表情麻木。

——这个人疯了吧? 啊,难不成我是在做梦? 一句句毫无逻辑的话听得太多,我都要被弄疯了!

对于呆呆望着自己的和子,一夫露出苦笑。

"哎,来看呀,快点。"

他靠近和子,拉起她的手,把她拉到窗边。一夫的手冷得像冰。

——呀,真像是女生的手……

和子呆呆地想着,被一夫拉着来到二楼的窗户边,往学校外面的国道看去。

穿过商业区的白色马路上,几辆汽车停在那里。公共汽车、卡车、轿车,全都停在马路当中! 还不止这些。沿着马路的人行道上、过街横道线上,人们伫立在那里,都摆着走路的造型! 还有狗——看到狗,和子瞪大了眼睛——那只狗就是奔跑的造型,离开地面十厘米,浮在空中,静止不动!

准确地说,不是汽车、行人和狗停止了,而是时间本身停止了。和子已经震惊得麻木了,她再也无力作出反应,只是怔怔地看着眼前非现实的、恍若画作般的一切。

"时间……停止了呀……"

和子喃喃地说。太过安静了。就连刚刚还能听到的汽车喇叭声,也骤然间全都消失了。

"其实更准确地说,是我们在以与时间前进相同的速度在时间中后退。所以在我们看来,时间就像是停止了一样。"

"这是怎么做到的?"

"就是这个东西了。这东西在我们两个人周围建立了强力的能量场,隔断了外界的影响。在这个肉眼看不见的力场内部进行着时间的逆转。当然啦,这个强力能量场还能用在其他很多地方。"

"不、不明白。什么东西啊……"

"唔,反正都是些理论上的东西,不明白也没关系。"

一夫开导似的说。他又拉起和子的手,带她回到实验室里。

"好了,我开始说了。从最初的事情说起……"

看上去,一夫好像对于自己同和子说话感到很快乐。

18

公元二六六〇年

　　下面就是一夫告诉和子的事。

　　到公元二六〇〇年,地球人口急速增加。这时候人类已经可以移民月球和火星了,所以因为劳动力过剩,无法居住在地球的人们渐渐迁移到了其他的行星上。不过这些都是没有钱的社会下层的选择,上流社会的人们,还有科学家与教授等知识分子,正在齐心合力发展地球上的机械文明。

　　二六二〇年的时候,得益于核能的和平运用,地球文化有了大的飞跃,各类科学发明层出不穷。然而另一方面,科学高度发展的结果却也导致一般人无法跟上这些快速发展的科学知识。科学家们自身也划分出无数专业，其结果就是，人们只知道自己研究领域内的东西，而对其他领域内的、哪怕是最初级的知识也都一无所知。换句话说，精神上的残缺者越来越多了。

对此最为头疼的是学校与其他教育机构。学校教育不改进的话，就只能传授一些最基础的、最初步的东西。也就是说，即使毕了业步入社会，也根本起不到任何作用，因为学校教给他们的仅仅是最基本的常识而已。因此，教育时间被延长了。孩子四岁就开始上小学，在小学进行十四年的基础教育之后，再到中学接受为期五年的课程。至此为止都属于义务教育的阶段。

但实际上就算上完中学，也还不能去工作。简单的体力劳动及计算都有自动机械和电脑负责，中学程度的人，哪个地方都是不要的。要想成为上班一族，就要从中学毕业之后开始，继续接受各种专业教育，再花费五年时间去高中或者专业学校学习才行。

在这些地方毕业之后，才总算可以成为普通的技术工人或者事务人员了,但如果要成为医生或者学者,还必须进行更进一步的学习。像这样,为了成为专家而不断上学直到最后毕业为止,一般人年轻的也要三十八岁,年老的差不多都要五十岁了,这是很严重的问题。一般人都是过了四十岁才结婚,孩子的出生率也降低了,地球总人口也开始减少。

"这样可不行。照这样下去,人类是在走向灭亡。"

医生和科学家对这样的状态很吃惊。他们不断研究解决的方法。

然后,到了二六四〇年。终于出现了划时代的发明。这就是被称之为睡眠教育,或潜意识教育的新教育方法。

"什么? 睡眠教育?"

听一夫讲话听入了神的和子,情不自禁地插嘴问了他一句。她已经对一夫的话深信不疑了。虽然内容荒诞不经,但一夫讲得栩栩如生,由不得她不信。

"嗯,所谓睡眠教育,就是孩子们在睡觉的时候,直接让他们的大脑记住各种东西的教育方法。头上戴上电极,把录音磁带回放给孩子。人类的潜意识具有莫大的力量,被给予的记忆,可以在任何需要的时候被召唤出来。"

对和子进行解释的一夫的眼睛,不知道为什么闪烁着光芒。他一边点着头,一边继续往下讲:

"因为这个原因,人类的教育终于可以在很短的时间内完成了。从三岁左右开始使用这个方法进行教育的话,以目前这个时代来说,大约只要初中一年级左右的年纪,就可以以相当于大学教育程度的学问毕业了。我也接受了这种教育……"

说到这里,一夫忽然住了口,和子追问道:

"那你今年到底几岁呢?"

一夫有点不好意思地回答说:

"十一岁。"

"啊,什么!"

和子惊讶地上下打量比自己高出十多公分的一夫。

"比我还小四岁! 真的吗?"

一夫不好意思地搔搔头,微笑着说:

"到了二六六〇年的时候,孩子们的发育可快了。不过照我看,与其说那时候的孩子发育快,不如说现在这个时代的孩子们发育不良罢了。"

"啊,我发育不良?"

和子打量着自己瘦小的身体说。

"别生气。因为在我们的时代,二六六〇年的时候,大家吃的都是卡路里高的营养食品。也正因为如此,精神和肉体才相协调嘛。你不觉得吗,有大学程度知识的小孩子,总让人不舒服吧?"

"那么说,你也有大学程度的知识了?"

被和子一问,一夫点点头。

"啊,是啊。我在大学学药理专业。"

——难怪这个人学习成绩这么好——和子想。

"那你为什么来到这个时代呢?而且还到这个学校来?还有……还有,为什么装得像这个时代的人一样,和大家生活在一起?你不想回到未来去吗?"

面对和子洪水般的问题,一夫慌忙摇手:

"啊,慢慢来,慢慢来,让我一点一点解释……"

19

意外的告白

　　一夫出生在二六四九年。和其他孩子一样,他也是一到三岁就开始接受睡眠磁带教育,到二六六〇年十一岁的时候进入大学学习药理学。

　　正好在这个时期接连不断有新药发明,其中就有能够激发人体潜能的刺激剂。人类实际上具有潜在的超能力,诸如瞬间移动、意念移物、精神感应等等,这已经为科学研究所证实了。接下来留给学者的课题,就是如何开发这些能力了。

　　一夫在大学里的研究方向就是能让身体自由移动的药品研究。当然,他被允许接触到的还只是初步的实验阶段,不过在同年级的学生中成绩已经非常出色了。

　　一夫自己也有许许多多新的想法。

　　其中一个就是瞬间移动与时间跳跃的组合。这是同时移动时间和场所的能力。一夫觉得,这种东西不是不可能的。瞬间移动的刺激剂已经有了,时间跳跃也已经成为了可能。一夫分析了迄今为止的刺激剂,在那些药品当中加入了两种效能。

　　一夫发现,在瞬间移动能力刺激剂——学名为藏红花浸出剂——当中,加入名为薰衣草的唇形科常绿亚灌木植物的干花制成的香料,就会得到接近预想的效果。他经历了无数次失败,苦心研究之下,终于制出了想要的药品。

　　不过,虽然制出了药,但不经过临床试验是不行的。一夫在正式发表论文之前,决定自己亲自实验。

　　"可惜失败了。"

　　一夫说到这里笑了起来,伸手挠头。

　　"虽然可以穿越时空,但有什么地方出了问题,回不到未来了……是这样吧?"

和子问。

一夫点点头："嗯,是的。我因为不是很清楚药的效力会有多强,所以只喝了一点点,结果虽然能回到过去——也就是这个时代,但要想回到未来,药的效力就太弱了。"

"带着药来不就好了吗?"

"嗯,是啊,我本来也想着带药过来的,还准备好了,可是最后还是忘记了。"

"我一直以为你很周全的,没想到做事情也还是毛手毛脚的。"

"不是那样的啦! 我是一直在考虑到底该到哪个时代去才好,想了很多选择,最后才决定到比较和平的这个时代来。然后刚一决定的时候,突然就穿越了时空,那时候我手上可没拿着药啊。"

一夫的脸红了,认真地向和子解释。

"所以,为了再做一次那个药,你就来到这个学校,作为这里的学生,然后偷偷溜进了这个理科实验室是吧。"

"是的。可是被你发现了,慌慌张张的,把那个药打翻了。你虽然没喝那个药,但也闻到了那个气味,也就具有了在很有限的范围内穿越时空的能力。"

"那,我的能力会不会随着时间的流逝逐渐消失?"

"会的。所以你其实不用那么担心。"

和子终于放了心。她说:"我不知道是这样啊……对了,你那个药还能再做吗?"

"啊,我做好了。"

一夫指了指桌子。桌子上放着的试管里,茶色的液体正在冒着白色的蒸汽。

和子忽然想起了一个问题,她问一夫:"你为什么要跟我解释这么多呢?"

一夫想了一会,回答说:"这个嘛,因为给你添了很多麻烦,我想我有这个义务对你解释。"

"可是,对于你来说,我是过去的人,对吧? 如果你回到了未来,你和我之间,也就再没有任何联系了……"

一夫垂下头,脸上显出为难的神色。他沉默了好一会儿,然后终于又抬起头看着和子的脸,像是下了决心似的说:"好吧,我还是说了吧。我,喜欢你。"

"啊?!"

和子呆住了。

——这叫什么来着? 早恋吧?

20

未来人・现代人

"未来人就是这样随随便便告白爱意的啊？"

和子微微一笑，带点讽刺地说。她打算好好取笑一夫一番。就算他是大学生，和子年纪大总是肯定的。我是姐姐哟——和子这么一想，倒也有点开心起来，有些嘲弄地说：

"你喜欢比你大的女生啊？"

一夫好像才想起来这一点似的，点点头，说："哦，对哦，说起来还真是的。"

"什么叫'说起来'？"

和子有点生气。看他的样子，真好像我不管是思想上还是身体上都远远比不上他似的。和子真的有点火了："总之我是现代人啦。换句话说，对你来讲我是过去时代的女人，所以呢，心理年龄也小，身体发育也不良，这都是理所当然的嘛。"

和子微微噘起了嘴。可是一夫像是完全没发现一样：

"也不是这么说啦。是我没意识到你比我年纪大……那个什么……该怎么说才好呢。我和你在一起上学挺长时间了，还有吾朗，我们三个人一起度过了很多快乐的时光。所以到了现在，就感觉对你特别亲近。就像是比实际交往的时间长很多很多，在很久很久以前就认识你了一样。所以我觉得，我肯定是喜欢上你了。"

和子的脸不知不觉开始发烧。她意识到自己红了脸，便愈发慌了起来。她已经很难堪了。

——啊！当面被人清清楚楚地说出喜欢自己的话，这还是第一次呢！真是个直性子啊！未来的人连小孩子都是这样直白的吗？

真像是少女小说一样——和子想。也难怪。虽然曾经在小说里读到过很多次,可实际发生在和子身边的感情,不论是喜欢的也好、讨厌的也好,差不多都是带着过家家开玩笑的性质。当然,班上同学里也有说谁和谁好之类的传言,但那些差不多也都是逗当事人玩,让他们尴尴尬尬;或者有时候是眼红两个人关系好,说些捕风捉影的闲话中伤他们而已。

和子有时候也会被那个神谷真理子取笑,说她喜欢吾朗。但是以和子的年龄,差不多同岁的男孩子们都太过孩子气了,所谓恋爱,她根本都还没这种意识呢。

但是如今从深町一夫嘴里说出来的话却不带半点开玩笑的语气,他是在非常坦诚地告诉和子自己喜欢她。和子不知道该如何回答,只能困窘地低下头,沉默不语。

“很久……很久以前?”

和子下意识地重复着一夫的话,恍若梦中。

“是啊,就是那种感觉,”一夫微笑着点头,“虽然我们实际上只在一起过了一个月。”

“一个月?”

　　和子吃了一惊,抬起了头,随后又摇起头来。

　　"不对! 我和你不是很久以前就认识了吗? 对……两年前——两年之前就认识了。我虽然没和你说过话,但是从上小学的时候就认识了。因为我们两家靠得近呀。"

　　"啊,是啊。这个事情我忘了告诉你了。"

　　"忘了? 什么事情忘了?"

　　"我在你的——嗯,不单单是你,是在和我有关的所有人的记忆当中加入了有关我的虚拟记忆。"

　　"虚拟记忆?"

　　和子完全不明白。

　　"嗯。就是说,我其实是在一个月前来到这个时代的。虽然来的时候是一个月前,但为了能与这个时代的人们一起生活,我必须让大家以为我一直生活在这个时代才行。所以我创造了关于我的虚拟历史,把它作为记忆灌输到大家的意识里。"

　　"什么意思? 你是说不单单我,连浅仓吾朗、福岛老师,还有……还有神谷……"

　　"嗯,我们班上的学生们都是的,其他还有所有应该知道我的人，全都是这样。"

"为什么……为什么你能做到这样的事?"

"唔，你自己想一想也就知道了。你知道催眠术的，对不对? 让人类处在催眠状态下说，'好了，你变成鸟了'，像这样给对方一个暗示，那个人就会真的以为自己是鸟了——我做的其实和这个差不多。当然啦，技术上更加先进。而且对许多人使用催眠术要比对一个人使用更简单。对一个人使用了之后，就会发生连锁反应，周围的人也就会一个一个地被催眠了……"

和子想起来自己听福岛老师说过同样的事情。

"集体催眠效果……"

"对，对。这个时代也有这个词了呀。嗯，就是和集体催眠很相似的东西。以我的经验来说，这个时代的人很容易催眠的哟。"

——是啊，和你那个时代的人比起来，我们都是些单纯的野蛮人吧——和子忍不住又想讽刺一夫一句，不过她也不想被一夫看成是个乖戾的人，终于还是没有说出口。

21

肯·索高鲁

"就这样，我就伪装成好像一直都在这个时代里一样，开始和你们一同生活。就好像一直在上这个学校，一直住在那个家里……"

"那个家！"

和子突然想起了深町一夫的爸爸妈妈。

"难道说，那栋房子里的人也不是你的爸爸妈妈?"

"嗯。那一对善良的中年夫妇很喜欢植物，可惜没有孩子。是我给他们加入了记忆，让他们以为我是他们的孩子。至于说为什么选那一家，也是因为他们在温室里种着薰衣草的缘故。我打算用薰衣草制作藏红花浸出剂好返回未来。"

说着，一夫向房间里装着药的试管瞥了一眼："今天我终于把药做好了。"

"那么你的真名也不是叫深町一夫吧？"

"对，深町一夫是我在这个时代的名字。我在未来有未来的名字。"

"叫什么？"

"叫……"一夫稍微顿了顿，"对你来说大概是个比较怪异的名字吧。我的真名，叫做肯·索高鲁。"

"肯·索高鲁？"

和子把这个名字念了几遍，

"很好听的名字呀。"

"谢谢。"

"可是你为什么不早点告诉我这些事情呢？你一直都在旁边眼睁睁看我受罪……"

看到和子略带埋怨的目光，一夫的表情显得有些尴尬。

"你闻到那个药的气味昏倒的时候，我确实没打算跟你解释，因为我想等你的能力自动消失之后就没事了。像这种事情本来就是解释不清的,越说只会把你弄得越糊涂。可是没想到你遇上了交通事故,发生了时间跳跃和瞬间移动,而且接下来为了找到我,你还开始以自己的力量跳回到过去——我不想再让你为这种能力烦恼了,于是回溯时间,来到这里。为了和你解释这一切……"

疑问全都解开了——和子想。这样一来,所有问题都清楚了……

可是一夫还在继续往下说。

"不过,我其实是不能跟你说这些事情的。因为有一条基本的原则是,未来人不能与过去的人讲述任何关于未来的事情。"

"啊,为什么?"

"因为会扰乱历史进程。对社会也会造成很坏的影响。你也知道的吧。假如告诉现代人说,这个国家在某一年会发生战争,这会引发社会大动乱的。因为这个时代的人也改变不了注定要发生的事情。"

"可是也许就会让战争停止了呢?"

"不行的。基本上来说,历史是不可改变的。如果能改变的话,就会有坏人想要利用这一点,骚乱也会变得更大。"

"那就是说,不能向过去的人讲述未来的事,是你们那个时代的法律了?"

"嗯,就算是吧。"

"那你不是犯法了吗？你把所有一切都告诉我了呀。"

"可以有某些例外情况。"

"例外？什么例外?"

一夫很长时间没有说话,最后才叹了一口气。

"例外就是,我说过的东西,如果另外那个人什么都不记得,就没关系了。也就是说,如果把所有关于我的记忆都从你的头脑里擦掉,就没问题了。"

22

被擦除的记忆

和子大吃一惊,瞪大了眼睛。

"那就是说,在你回未来之前,要把我头脑里所有关于你的记忆擦掉?"

一夫悲伤地点点头。

"没办法。我回去之后,你就要忘记我,想到这一点我也很难过。可是不这样做,我就会在我的时代受到处罚。"

"我讨厌这样!"

和子猛地摇起头来。如果把与一夫有关的记忆全部消除的话,那些有趣的交谈,还有刚刚他对自己爱的告白,全都要被消除了。啊,不单这些。到了那时候,连一夫的长相都会忘记的。

"虽然很痛苦,但迄今为止的经历,对于我来说,都是珍贵的经验。我不要忘记它。而且,你不是也会记得我的吗? 一直都会……那为什么必须要我忘记你呢?"

"不是你一个人啊。这个时代的所有和我有关系的人,都要被从心底抹去有关我的记忆。"

和子忽然不安起来。

"对了,你打算什么时候回未来去?"

"马上就回去了。"

"啊,那么快⋯⋯"

"其实我是想一直留在这里,留在这个时代。同你和吾朗一起快乐地生活。可是,我还有工作。我要完成药剂的研究啊。"

和子垂下头。

"你到底还是未来人啊。比起这个时代,还是未来更好吧。"

对于和子怨怼的提问,一夫回答得很干脆。

"比起未来,我更喜欢这个时代。这个时代的人更加悠闲,都有着温暖的心,好像一家人一样容易相处。相比于未来的人们,我确实更喜欢这个时代的人。对于你,我当然非常喜欢,吾朗也是很好的孩子。福岛老师也是很好的人。可是说到底,我还是要在这个时代和我的研究当中做一个选择,我只能选择我的工作。我的人生价值就在药剂的研究上。"

一夫的话,在和子听来显得很无情。但也正是这种无情的语调,更吸引和子的心。和子拼命恳求一夫。"求求你,不要擦掉我的记忆!我不会把你对我说的事情告诉任何人的!我发誓。你的事情我会永远藏在心底。要是让我忘掉你的一切,我会受不了的。我忍受不了!"

和子祈求的话语让一夫也非常难过。但他终于还是用低低的、但却非常清晰的声音回答说:

"那不行的。你要理解我。"

是啊。别让他觉得我是个不懂事的女孩——和子沉默了。她意识到泪水滑落在自己脸上,连忙掏出手帕擦了擦。那样子求他,自己也觉得太丢脸了。

"……嗯,也是啊……"

和子低声说。胸口一阵抑郁。

"那么,我要走了。"

一夫慢慢站起身来说道。

和子惊讶地抬起头,凝视一夫的脸——这个人的脸,我以后再也看不到了。可是……

"这就走了吗?"

一夫点点头。

和子也站起来,走近一夫。

"那,请回答我最后一个问题。你还会回这个时代来吗? 还会再一次在我面前出现吗?"

"我想,会的吧,哪一天……"

一夫说着,拿起旁边桌上半导体收音机一样的装置,收起天线。

"那会是什么时候……?"

"什么时候,我也不知道。大概是我的药剂研究完成的时候吧。"

周围的时间又一次开始流动了。快车道上汽车的喇叭声、商店里嘈杂的人声,隐隐约约地传来。

"那么,你还会回来见我的了?"

这时,一夫的身影开始朦胧起来。和子一边拼命凝神盯着一夫,一边问。因为盖子被拿掉了,那股薰衣草的芳香化作药剂的白色蒸汽冒出来,将和子温柔地包裹在里面。

"我一定会回来的。不过那时候我已经不是深町一夫了,对于你来说,我将作为一个新的、完全不同的另一个人……"

和子的意识逐渐消失。但她还是拼命努力想摇头。

"不,我会知道的……我一定会知道那个人就是你……"

和子的眼前逐渐黑了下来。她慢慢倒向地面,只有一夫的声音隐约从远处传来。

"再见……再见……"

23

何时再见

"喂,芳山,走吧。我帮你把包拿来了!"

浅仓吾朗大声说着走进理科教室。他没找到和子的身影,探头朝实验室里张望,突然看到她倒在地上,吾朗吓坏了。

"芳山!"

吾朗立刻跑到她身边,抱起了她,要把她送去医务室。但和子的身体对于又矮又胖的吾朗来说太重了。

"我真没用……"

吾朗带着哭腔说,拼命摩擦和子冰冷的手。

"一定是太累了。那么大的教室,只让两个人打扫,岂有此理嘛……"

他站起身子,跑去办公室找人帮忙。万幸的是,班主任福岛老师还没回去。

老师和吾朗两个人把和子抬到医务室,放在床上。和子终于发出低低的呻吟,睁开了眼睛。

"啊……我、我怎么了?"

"你因为贫血昏倒了。在实验室里……"

吾朗的话让和子想起自己是要把清洁工具送到理科实验室去的。可是再往后的事情怎么也想不起来了。

"今天打扫卫生只有你们两个人?"

对于福岛老师的问题,吾朗噘了噘嘴。

"是的。这么大的教室,只有我们两个人。我和芳山两个……所以芳山一定是累倒了。"

"这是我的错,"福岛老师诚恳地道歉,"从明天开始,增加值班的人数。"

一夫已经回到了未来,在现代的这个时间里,已经没有任何人的心里存有那个名叫深町一夫的少年

了。福岛老师也好、浅仓吾朗也好，还有芳山和子，他
们头脑中所有关于一夫的记忆都消失了。在这个世
界里，一夫没有存在过。和子的班上没有叫做深町一
夫的学生的座位。而且理所当然的，没有人对此觉得
奇怪。

然后是三天之后的夜里。浅仓吾朗家隔壁的澡
堂里没有发生火灾，因而第二天早上和子与吾朗也没
有睡过头，并且及时到校。在十字路口也没有险些被
大卡车撞到。

所有这些都是深町一夫回到未来的时候为和子
他们所作的安全措施。然而理所当然的，和子和吾朗
对此也一无所知。

不仅仅是关于深町一夫的事，在和子的心里，那
些不可思议的超现实的现象所带来的困惑、那些不知
道对谁诉说的苦楚、那些一个人承受烦恼的经历，也
全都消失得一干二净。

对于和子来说，平淡的日子恢复了。

*

和子上学放学的时候，总是会从那个西洋风格的

家门前走过。

　　那一家住着一对看上去很善良的中年夫妇。院子里有一间温室，从旁边走过时，能闻到些微薰衣草的芬芳。香气飘过鼻端，总会让和子有一瞬间忘记现实，恍若梦中般地静静伫立一会儿。

　　——啊，这股芳香。这种香气，我好像在哪里闻到过……和子想——为什么会有这种感觉呢？这种香气我是知道的。甜甜的、让人怀念的香气……什么时候、什么地方，我闻到过这种香气呢……

　　那一家的门前写着"深町"这个名字。可是，和子即使看到这个名字，也想不起任何事情。

　　只是每当那股薰衣草的芬芳轻柔地包裹住和子身体的时候，她总会这么想：

　　——好像在什么时候，会有一个很好的人在我的面前出现。那个人认识我。而且，我也认识那个人……

　　是什么样的人，又什么时候会出现，和子不知道。但是，一定会出现的。那个很好的人……在某个时刻、某个地方……

噩梦的真相

1

文一的房间

　　昌子上了初二，又和森本文一分到了一个班上。她和文一从小学开始就一直在一个班级里，两个人关系非常好。只有上初一的时候是分开的。就在那一年里，文一的个子猛地蹿了上去，小小的昌子和文一站在一起的时候头只能够到他的肩膀那么高。所以昌子对于和文一一起走路开始觉得有些害臊，不大愿意和他走在一起了。话虽然这么说，两个人到底还是好朋友，课间休息的时候总是凑在一起说说下堂课要交的作业什么的，同班同学也常常不无嫉妒地取笑他们两个。

故事发生在夏天快要过去的时候。

今天的最后一堂课结束了，昌子开始把课本和笔记都往书包里装，这时候文一走了过来。

"你今天还去练习排球？"

"不了，直接回家了。作业那么多，没时间。"

"那一起回去吧。不过你不去，俱乐部的人不会怪你吗？"

"没关系，反正下一次比赛他们也不要我出场，偷点懒也没什么。你看，我到底是个小个子嘛。"

两个人肩并肩出了校门。梧桐叶已经黄透了，秋凉的风吹拂着。

昌子说："喂，今天的数学作业教教我吧？"

昌子在求人的时候就会带上鼻音。

"啊，好啊。"

文一的数学很好，

"那来我家吧。"

"不要！"

刚一说完，连昌子自己也被吓了一跳。为什么突然用这么大的声音喊？文一也吃了一惊，看着她的脸：

"不要就不要吧，不过你也没必要喊那么大声吧……"

文一似乎有点生气。

昌子赶紧道歉。

"对不起。我自己也不知道为什么用那么大声音……"

"我说，你有点奇怪啊。"

文一小声说。

为什么那么大声喊呢？为什么自己不愿意去文一的家呢？再怎么细想，也找不到不愿意的理由。文一的妈妈是个挺年轻的美女，自己也很长时间没见了……昌子一边想着，一边说："不过，会给你母亲添麻烦的吧。"

"什——么？你还在担心这种事啊？真是一点都不像你。"

文一说完就笑了。气氛好像重归融洽。所以昌子喜欢文一。

"好吧，那我就顺路去一趟。"

"嗯,那就太好了。"

来到文一家里,文一的妈妈看到昌子,稍稍有点意外。

"呀,好久不见了,昌子。上一回还是小学毕业典礼的时候吧。"

"嗯,好久不见。"

昌子学着大人的样子应道。

"昌子,你晒黑了嘛。而且个子还是没长高啊。"

"阿姨总是挑人家难受的事情说。我很介意的呀。"

昌子噘起嘴。

文一的母亲笑了。

"对不起。不过文一个子已经这么高了对吧,所以呢,看到你还是那么小小的样子,让我觉得有点不适应啊。"

"好了,来我房间吧。"

文一催促说。

"昌子,这次可别晕过去呀。"

"晕过去?"

昌子回过头,惊讶地问。

"啊呀,已经忘记了呀? 你小学的时候不是在文一的房间里被什么东西吓晕过去的吗?"

对了。昌子终于想起来了。

自己在文一的房间里看到过什么可怕的东西,然后被吓晕过去了。

那是小学四年级时候的事。从那之后就再也没来过他的家。自己之所以不愿意来文一的家,恐怕也是因为这个原因。

可是,那个可怕的东西到底是什么呢? 昌子左想右想也想不出来。

"不知道啊,我。到底被什么东西吓到了呢?"

文一的母亲又笑了起来。

"肯定是你那时候怕得要命,所以无意识地选择了遗忘。这种事情经常有的。"

这样一说,昌子越发不敢去文一的房间了。

文一嘿嘿地笑了起来。

昌子试着问:"喂,文一,那个那个,可怕的东西,还在你房间里吗?"

"嗯,在的。来了你就想起来了。"

"不要!"

昌子都要吓呆了,拼命摇头,"我害怕。"

文一促狭地笑着:"好吧,那你在这儿等会儿,我去把那个可怕的东西收好了你再进来。"

文一说完就走进了自己的房间。

文一的母亲从客厅端茶过来,昌子又问了一次:"嗯,那个可怕的东西,是什么呀?"

文一的母亲微微侧头想了想:"我只记得那个时候你惊叫了一声就晕过去了,其他的倒是没注意。唔,是什么呢? 好像也没什么特别可怕的东西啊。"

"昌子,可以进来了。"

文一在房间里喊昌子。

昌子小心翼翼地走到文一房间前面,又向里面确认了一遍,"真的已经收好了吧?"

"是啊,没问题了。"

昌子抬起腿,正要往房间里跨出一步。

躲在木头拉门后面的文一,突然猛地把头探到昌子面前。

　　昌子倒抽了一口冷气。

　　文一戴着般若①面具,凹陷的双眼发出瘆人的光芒,还张着一只血盆大口——这副可怖的形象,简直不是人世间该有的东西。

---

① 　日本传说中的一种妖怪,传说是因女人的强烈的妒忌怨念形成的恶灵。——译者

2

般若面具

"呀——!"

昌子把文一推开老远。文一的母亲也被吓了一大跳,木然看着昌子从自己面前跑过,昌子连鞋子都没穿,一口气冲出大门。

昌子被吓得心脏几乎都要从胸口跳出来了。她顺着文一家门前的马路一口气跑了十多米,直到气实在喘不过来,才在路边蹲下。

心跳得还是厉害。

是了,以前也是看到那个般若面具而害怕的。

文一真是个可恨的家伙。太过分了吧。明明知道我害怕,还故意要来吓我。

比起对般若面具的恐惧,昌子对文一更感到愤怒。她气得眼睛都红了。

"绝交,我要和他绝交！作业没人教就没人教。我绝对不和他玩了！"

喘气稍稍平息了一点,昌子怒气冲冲地对自己说。

周围没有行人,只有一只大大的黑狗蹲在四四方方的邮筒前面呆呆注视着昌子。

她想就这样回家去,但是光着脚没法走路,只好又回到文一的家。

来到玄关门口,就听见文一的母亲在大声怒骂文一。

"你干什么！昌子是女孩子！开玩笑也要有个限度！"

"可是……"文一的声音很沮丧,"我也不知道她会被吓成那个样子。已经是中学生了,我还以为她肯定会笑起来呢……"

"还有空解释,你还不赶快去找昌子！"

昌子开始觉得文一有点可怜了。

“没关系,我在这里。”

文一和母亲慌慌张张地跑出来,一个劲地向昌子道歉。

昌子觉得自己刚才那么大声地尖叫,有点不好意思,故意噘起嘴装出一副生气的样子掩饰自己的害羞,对文一不理不睬。

第二天,文一把自己存的零花钱全取了出来,请昌子去看音乐电影,昌子这才稍稍高兴了一点。不过她也知道,如果立刻就转怒为喜未免也太让人笑话,于是还是扮演了好一阵脾气乖戾的女孩。

之后的两三天时间里,昌子一直在想那个般若面具的事。

般若面具确实很可怕,但是有一样,单单是一副可怕的面孔,昌子不应该吓成那副样子。她的反应确实有点不正常,昌子自己也这么觉得。

(为什么我会那么害怕?应该有什么原因的。是我比一般人胆小吗?)

不过话说回来,吓唬昌子的文一自己也有特别害怕的东西,这一点昌子也知道。他特别讨厌蜘蛛,简直讨厌到了病态的程度。反而是昌子,看到蜘蛛也当没看见一样。

(人和人害怕的东西真不一样啊。)

虽然昌子这样告诉自己,但总觉得还是有些什么东西没弄清楚。

初中一年级的时候,图画课上曾经画过般若的面具。刚开始一眼看上去确实打了一个寒颤,但看得多了也就没什么特别的感觉了。如此说来,只有般若面具突然出现在自己眼前的时候才会吓一跳,一直看着的话也就不怕了吧?

昌子忽然意识到,迄今为止自己讨厌上图画课的理由,也许就是因为那间图画室的墙壁上挂有般若面具的缘故。说起来,小学的时候自己明明对图画喜欢得不得了,而如今的自己连绘画社都没有加入,反而去加入了既不是很喜欢,又不是很拿手的排球社。

(很久以前一定有什么自己特别害怕的东西吧。而且那个东西一定和般若的面具有些关系才对。)

昌子这样想。

3

拿剪刀的女子

　　说起胆小鬼,今年刚满五岁的昌子的弟弟芳夫也是个非常胆小的孩子。他晚上都不敢一个人去洗手间,而且还常常尿到床上。爸爸妈妈不知道骂了多少次,芳夫的尿床还是改不了。对于这个常常被爸爸妈妈骂,又被周围的坏小孩起了"尿床鬼"外号的内向的弟弟,昌子觉得很可怜,一直想要找个什么办法帮他改掉尿床的毛病。

　　那是去文一家之前三个月的事。昌子认为芳夫一定是有什么害怕的东西,于是就问他,"喂,芳夫,你为什么对去洗手间害怕成那个样子啊?"

"因为睡觉的地方离洗手间太远了呀。"

昌子的家很大,去洗手间的通道很长。

"而且洗手间里很黑,还有什么东西在。"

"有东西? 有什么东西? 妖怪?"

"那倒不是。"

"那是什么?"

"是什么……总之就是可怕的东西。"

"是人?"

"不是。"

"是鬼?"

"也不能说是鬼……是个女人。"

"女人怎么会可怕?"

"因为她披头散发,脸是青的,很可怕……"

"那不就是鬼吗?"

"不是鬼。"

"你怎么知道不是鬼?"

"我也说不上来,但就不是鬼。"

"那东西在过道里?"

"不是,在洗手间里。打开洗手间的门,就在里面。拿着剪刀。”

讲述这些的芳夫,确实是一副害怕的表情。

“那个女人为什么拿剪刀?”

“这个我也不知道啊。”

昌子不知道怎么也有点害怕起来。

披头散发吊着眼梢脸色铁青的女人,拿着剪刀站在洗手间里……这样一想,昌子不禁也吓得打了个冷战。芳夫自己想不出这样的东西,一定是有人想要吓唬芳夫说给他听的,昌子想。

“我说,这个鬼故事是谁跟你说的?”

昌子这么一问,芳夫摇起了头。

“没人跟我说过这个故事啊。”

“那是你自己想出来的?”

“都说了不是我想出来的! 是真的!”

芳夫叫了起来,表情委屈。说不定是爸爸妈妈说给芳夫听的吧,昌子想。她去问了妈妈,然后等到傍晚爸爸下班回来又问了爸爸,可是谁都不知道有这一回事。

爸爸有点生气地说:“我怎么可能说这种蠢

故事！"

那天晚上，昌子醒过来，把睡在旁边的芳夫摇醒了。

"喂，你要去上厕所，不然又要尿床了。姐姐陪你去。"

为了改好芳夫尿床的毛病，昌子想让他知道洗手间里什么人都没有。

可是芳夫摆出一副哭脸。

"我害怕。"

"不怕不怕。没有什么女人的啦。"

"有的！我怕！"

"好吧，那你说怎么办？不去小便你又要尿床了。好了，走吧。"

两个人下了床，沿着昏暗的走道往洗手间走。可是芳夫不知道为什么一直在发抖。

"呀，芳夫真是个胆小鬼呀。你在发抖对吧。"

昌子说着笑了起来，不过她自己也确实有点害怕了。要是洗手间里真有人在，而且那个人有着般若面具一样的长相，昌子何止会大声尖叫，还会瘫倒在地上的。

　　芳夫紧紧握住昌子的手,手心里全是汗,身子又在不停哆嗦。

　　昏暗的灯光照出两个人的影子,映在灰色的墙壁上。走道里发出吱吱嘎嘎的声音。两个人来到洗手间的门前。芳夫拼命往后缩。

　　"我害怕,我害怕。"

　　"不怕,没关系。"

　　昌子的声音也有点发颤。她一边紧握着芳夫的手,一边慢慢推开洗手间的门。

　　"你瞧,没人吧。"

　　昌子看到洗手间里空无一人,自己也松了一口气,说话的声音也不觉大了好几分。可是芳夫还是身体僵硬、死命摇头。

　　"我和姐姐一起来的,所以才没人。要是我自己一个人来,她就有了。"

　　"哎。"

　　昌子有点头疼。这个胆小鬼弟弟,真没办法让他相信没有他说的那个女人吗?

　　不过仔细想来,昌子自己不是也没办法改好自己害怕般若面具的毛病吗? 要是能找出害怕的理由,自己也好、芳夫也好,也许就会改掉胆小的毛病了,昌子想。

　　下一个星期天,文一如约请昌子去看了电影。在回家的路上,昌子把这件事告诉了文一。

　　"哎,你们姐弟俩都是胆小鬼呀,"

　　文一笑了一下,突然换上了一副严肃的表情。

　　"但是我认为你的想法没有错。我叔叔是心理学家,他曾经告诉我,一旦弄清楚了自己为什么害怕,对那个害怕的东西也就会不再害怕了。芳夫的胆怯,还有尿床,应该也能治好的吧。"

　　文一的话给了昌子很大的信心。她下定决心一定要想出办法治好芳夫胆小的毛病,还有她自己胆小的毛病。

　　芳夫不但是胆小鬼,还是爱哭鬼。因为这个缘故,芳夫的朋友里一个男孩都没有。而且附近邻居家里与芳夫同年的小孩都是女孩子,男孩子们的野蛮游戏又不带既爱哭,身体又弱的芳夫玩,所以每次芳夫都是和对面的敦子还有邻家的久子一起玩过家家。这样的芳夫可把好胜心强的妈妈气得天天跺脚。

　　这一天芳夫好像又被谁给欺负了,哭着回了家。在客厅里妈妈正在做她拿手的手工,昌子在读书。妈妈抬起头,问:"又哭了?"

　　芳夫一边抽搭一边说:"阿弘说我整天和久子还有敦子玩,是娘娘腔。"

　　这个名叫阿弘的孩子是小学一年级的学生,周围这一带的头号坏小孩。妈妈好像也不想每次都安慰芳夫了。

　　"真是没出息。人家说说你又怎么了,你也说他就是了。哭着回来算什么?"

　　芳夫放下了擦眼睛的手,

　　"我说了。我说我不是娘娘腔。"

　　"然后呢?"

　　"然后他就踢飞我的书。"

　　芳夫好像越想越窝囊,又哭了起来。

　　"太过分了!"

　　昌子站起来,

"我去找阿弘算账。"

就在这时,妈妈大声喊住了昌子。

"站住,昌子。"

4

妈妈的斥责

　　"身为男孩,你像个什么样子!"妈妈开始训斥芳夫,"天天都跟女孩子待在一起玩,活该被人家笑话。是男孩就该更活泼一点,就该像个男孩子一样玩。"

　　妈妈一旦开始说话,那就是刹都刹不住的。芳夫又开始低声抽泣起来。

　　"连打架都不敢,还能算是男孩吗? 和女孩子玩得太多,到最后小鸡鸡就要被'咔嚓'一声切掉了。"

　　"啊!"

　　昌子禁不住低低叫了一声。妈妈扭过头盯着她,问:"怎么了?"

妈妈自己似乎还没意识到,但昌子终于知道芳夫变成胆小鬼的原因了。那就是妈妈整天挂在嘴边的口头禅啊。

昌子大声对妈妈说,

"就是这个!妈妈的口头禅,就是芳夫胆小的原因!"

"你说什么?"

妈妈一脸茫然,看看芳夫的脸,又看看昌子的脸,视线在两个人身上转来转去。

"拿着剪刀站在洗手间里的可怕女人,就是妈妈!要说为什么拿着剪刀站着,那个剪刀……那个剪刀……"

妈妈好像也明白了,她慢慢地说:"你是说,那个剪刀就是拿来剪芳夫小鸡鸡用的?"

芳夫不知道什么时候已经停止了抽泣,他呆呆地看着妈妈的脸。昌子和妈妈看着他,忍不住都笑了起来。

昌子说:"明白了吧,芳夫?那个女人其实就是在妈妈训斥你的时候你自己想象出来的。那样的人是不存在的。所以你不用再害怕了。"

也不知道芳夫是不是真的明白了,他看着姐姐,只是"唔"的应了一声。

妈妈也没说话。不过看她的样子,似乎也对自己无心的言语给幼小的芳夫带来的巨大恐惧感到后悔。

尽管依然不是非常明白,但芳夫似乎也意识到洗手间的可怕女人不过是自己空想出来的形象而已。

于是,从那之后,即使是深夜,芳夫也可以自己一个人起床去上厕所,尿床的事也很少发生了。

"好,接下来就是我自己的问题了。"

成功解决了芳夫胆小的毛病,昌子很兴奋。她暗下决心,要乘胜追击,一鼓作气解决自己胆小的毛病。

5

恐高症

仔细想来,昌子害怕的东西除了般若面具之外还有好几样。

最害怕的还是高处。

恐高症每个人或多或少都会有一点,然而昌子的症状就比较厉害。

连在屋顶上抓着栏杆往下看这种事情昌子都不敢。

若是按捺住恐惧望向遥远的地面,会不会情不自禁进入忘乎所以的境界,纵身跳过栏杆呢?或者突然想死,直接就跳下去了呢?她的心里被这种畏惧感填满,怕得恨不得大声叫喊出来。这时,就连摸一摸栏杆都会感到害怕。

　　昌子还会想,如果我靠到栏杆上,栏杆的那个部分刚好锈得烂了,一靠上去就碎成一片一片的,我不就要直冲冲一头栽到地上了吗?结果就是昌子害怕得连栏杆附近都不敢走过去。

　　(我不可能永远都是孩子,这样的毛病一定得尽早克服才行⋯⋯)

　　昌子这样想。

　　(好,既然如此,我就往高处爬一次看看——爬到连栏杆都没有的、看一眼就让人头晕目眩的高处去!)

　　但是自己一个人爬那种地方,真要是眼花了一失足掉下去,那就全都完了。昌子想,还是叫上文一陪自己一起去的好。

　　某天放学后,昌子把自己的想法告诉了文一。

　　文一起初有点吃惊,等听昌子全都讲完了之后,嘻嘻地笑起来说:"昌子,你害怕的东西还真多呀。"

　　"害怕的东西就是害怕,我也没办法呀。所以我这不是在想办法解决嘛。再说了,你要是再敢取笑我,我就去逮几只蜘蛛塞到你脖子里去。"

文一只要听到蜘蛛这两个字,脸色就青掉了。他大声求饶:"哇,别,别,这个可别开玩笑,蜘蛛,就蜘蛛这个……哇,想想都害怕。"

"看,你不是也有害怕的东西嘛。好了,愿意和我一起去爬高吗?"

"嗯,我去,我去。但是你可别再说要拿蜘蛛如何如何了。"

"好好,放过你。"

"不过说到没有栏杆的高处,哪里才有呢?"

这个问题昌子早有答案了。

"哪里有? 当然是钟塔呀。"

"哎?! 到那么危险的地方去?"

这个叫做钟塔的地方,是昌子他们学校房顶上的塔楼。这个塔楼相当于一般的三层楼房的高度,是个很有年代的古塔。塔上的时钟指针很多年前就一直停在九点十五分的位置。

"那边太危险了,学校禁止大家去爬。"

文一很担心地说。

　　塔楼里通往时钟内侧机械室的楼梯非常窄,还没有扶手,另外这个本该有四面墙的空间只有两面墙壁,楼梯都露在外面,应该是从一开始设计的时候就故意省略了两面墙,这样站在楼梯上往下看风景非常美。然而美虽然美,对于攀爬的人来说实在是太危险了。

　　"你真的想爬到那上面去啊?"

　　"嗯,你害怕了?"

　　文一火了。

　　"我怎么可能害怕! ……但是,万一被人发现了,挨骂是很惨的哦。"

　　"可是呢,"昌子努力说服文一,"因为男孩子们爬上去打闹会很危险,所以才有那条禁止爬楼的规矩,对吧? 我们只是爬上去、再下来,又不是上去玩。"

　　"但是规矩就是规矩。"

　　"规矩就是用来打破的。"

　　昌子终于不耐烦了,强词夺理地说。

6

钟塔探险

来到房顶，秋风迎面吹来，让昌子他们不禁都有了一些寒意。

文一和昌子并排站着，抬头望向钟塔。

· "那么高的地方，能爬上去吗？"

"没问题。"

话虽然这么说，可实际上一爬到房顶上昌子的腿就开始微微发颤了。她不想让文一发现这一点，故意抢先摆出很有精神的样子冲进了钟塔里。

"喂，等等我，危险。我们一起爬。"

"你跟在我后面吧。"

楼梯上满是灰尘。

昌子一边往上爬,一边透过没有墙壁的侧面往外看。城区外侧,小小的绿色山丘和缀满红叶的茂密树林,静静地伫立在清澄的秋日天空之下。

白色的公路自城区中笔直穿过。经过教会的建筑、消防局、火警瞭望台,又紧挨着学校延伸着。

"啊!"

昌子往脚下看了一眼,刹那间就觉得头晕目眩,禁不住一下蹲坐在楼梯上。

"当心,别往下看……"

文一赶紧扶住昌子的肩膀。

虽然觉得自己很没用,但昌子还是连站都站不起来。

"怎么样?要不我们还是下去吧?"

不行。好不容易爬了这么高,在这个地方折回去的话,太让人泄气了。距离机械室只剩下最后一层了。

昌子摇了摇头,说:

"不,爬。"

"可你不是已经站不起来了吗。"

"帮帮我,拉我一把。"

文一没办法,拉住昌子的手,把她从地上拽了起来。然后两个人又开始慢慢沿着楼梯往上爬。

楼梯中间有若干处平台,平台周围围着大约四十厘米高的水泥围栏,外面还有边沿。

在楼梯还剩下二十级左右的地方,两个人来到最后一个平台处,上面就是机械室了。

就在这时,"哇!"

走在前面的文一突然发出一声哀嚎,一把甩开了昌子的手,两只胳膊开始乱挥起来。

"蜘、蜘蛛网!"

平台角落里结着蜘蛛网。大大的蜘蛛网粘在文一的头上、脸上,扯都扯不掉。

最怕蜘蛛的文一吓得脸都绿了,简直像是疯了一样拼命挥着胳膊。仿佛有一只浑身长毛、眼冒黄光的巨大蜘蛛正在朝他猛扑过来似的。

"危险!"

昌子也大声叫了起来。

光顾着扯开蜘蛛网，没有注意自己脚下的文一，一脚绊在低低的水泥围栏上。

"糟糕！"

文一的身子悬空，往围栏外面摔去。由于惯性，又向边沿外掉了下去。幸亏文一眼明手快，在掉下去的一刹那双手牢牢抓住了平台边缘的一个角。

"救救我！"

文一只有双手挂在钟塔上，在半空来回摇晃。万一手一松可就完蛋了。

"抓紧！"

昌子刹那间忘记了恐惧，越过围栏，跑上平台的边缘。

"加油！别松手！"

昌子用带着哭腔的声音继续大喊，一边伸出手，抓住文一两只手的手腕，拼死用力要把他拉上来。这时候如果文一的手从平台边缘滑落的话，昌子也要跟着他一起掉下去了。

（文一要是掉下去就糟了。是我害了他！是我带他来这里的！文一要是死了，我也不要活了！）

后来回想起来,昌子觉得自己使出了超乎寻常的力气。加上文一经常练体操,双手很有力气,这也是不幸中的万幸了。

文一的一只脚搭上了平台的突出部,昌子紧紧抓住他的裤子腰带,终于把他拽了上来。

两个人在狭小的平台上坐了好长一会儿,面面相觑,不住地呼哧呼哧喘粗气。很长时间里谁也说不出话来。往下面看看,两个人都吓出了一身冷汗。

(以前好像发生过同样的事……)

忽然间,昌子隐约生出这样的想法。

7

桥上的恐怖

"再怎么高的地方,我也一点都不害怕了,自从那一次……"

过了几天,昌子这样告诉文一。文一点点头,说:

"以前我就说过的吧,我的那个心理学家的叔叔就是这么说的。人之所以会害怕,是因为有一种'罪恶意识'。你的'罪恶意识'大概就是因为你在那场事件中帮助了我而消失了吧?"

"'罪恶意识'是什么意思?"

昌子感到不可思议。

(这么说来,在我还很小、还不懂事的时候,做过什么坏事吗？也可能不是坏事，而是某种可怕的经历，在我那时候还很幼小的心里，一直残留下了那个所谓的"罪恶意识"吗?）

被遗忘的事件。

遥远的过去，深埋在心底的秘密。

（那么那场经历应该就与般若面具和高处有关。说起高处，到底会是哪里呢？小时候的我身上到底发生过什么?）

可是不管怎么想都想不起来。只有一样，几天前文一要从钟塔上掉落的时候，自己曾经感觉到似乎以前发生过同样的事。那种感觉时不时困扰着昌子的心。

许多天过去了。

许多星期过去了。

秋季运动会结束后的第三天，是个天气晴朗的周日。昌子和文一一起在流经城区的小河的堤坝上散步。欧蓍草和彼岸花之类一度开得很美丽的花朵都已经谢了。

走着走着，堤坝变成河滩，两个人玩了一会儿扔石子的游戏,又爬回堤坝上,沿着小河慢慢往前走。

通往郊外有一座长长的桥,文一站在桥边,向昌子说:"昌子,时间还早,我们到桥那边去看看,怎么样?"

"好呀。"

昌子点点头,眼光从两边装着矮矮的栏杆的长长的桥上一直望向对岸。

"……唔,还是回去吧。"

"怎么了?"

有一股强烈的,却又无法解释的不安,在昌子的心里膨胀开来。

"因为……"

"回去有什么事吗?"

"倒也不是……"

"那不就结了!"

文一这么一说之后,像是注意到了昌子的脸色,又用取笑的口气说:"难不成你想说你害怕过这座桥啊?"

可是,的确如此。

昌子看到长长的白色大桥上每隔几米就有一根的灯杆,还有低矮的木质栏杆,就生出一种无法准确形容的恐怖感。

(以前也有过这样的事。)

又是这种熟悉的感觉。

(好像要发生什么可怕的事。)

还有不祥的预感。两种感觉纠缠在一起,让昌子呆立在原地动弹不得。

"我不想过去。"

"你真怪。"

文一说着,在桥上走了几步,越过栏杆望向下面的河岸。

"说起来这座桥的确有点高……"他转回头看看昌子,"不过你不是已经习惯到高的地方了吗?"

"这座桥,我讨厌!"

"奇怪啊……"

文一又一次打量了这座桥。

周围看不见半个人影,只有偶尔会传来几声轻轻的青蛙叫。

"我明白了!"突然,文一开口说话,"你害怕的不是高处。你真正害怕的其实是高处总会有的栏杆扶手之类的东西。我们爬那座钟塔的时候,因为没有扶手,所以你才会一点都不害怕! 你自己没意识到吗?"

"是这样吗?"

昌子觉得有些道理。如果那座塔楼上有扶手的话,说不定自己会怕得爬都爬不上去了。

"可我为什么会害怕扶手之类的东西呢?"

"这个我就不知道了。不过我知道确实有很多人害怕的东西都很奇怪。"

昌子觉得文一有点儿嘲笑她的意思,不禁有些生气了。

"害怕就是害怕,这个我也没办法。那个路灯的影子下面,我总感觉好像有什么东西会跳出来。"

文一抿嘴一笑,说:"是戴着般若面具的什么人吧?"

"别说了!"

昌子大叫起来。文一吓了一跳。

"怎么了?"

"害怕！我害怕！"

昌子双手捂住脸，蹲到地上。

突然，她感到自己似乎要想起一件很久很久以前发生的事。但是，她害怕想起那件事。在昌子的内心深处，想要回忆起幼年秘密的情绪与不想回忆起秘密的情绪激烈地斗争着。

"不舒服了？"

文一有些担心，关切地问。昌子点点头。

"好吧，我们回去吧。我好像说了不该说的话。"

8

男人的头

　　一边好像可以回忆起什么，一边又隐隐感到回忆起来的可怕，在这两头的煎熬中，昌子越发找不出过去的真实，只能在焦躁不安中度过了好几天。

　　这个时候，芳夫尿床的毛病又开始犯了。

　　"这回又是什么？又有拿剪刀的女人站在洗手间里了？"

　　"唔……"

　　不管昌子怎么问，芳夫也不正面回答，总是含含糊糊。

　　有天晚上，昌子半夜醒了，她就顺便把芳夫叫醒。

"喂,芳夫,去上一下厕所。"

"不。"

芳夫嘴里不知道在嘟囔什么。

"好了,快点,不然又要尿床了。"

"我还不想小便。"

"不行哟。现在不去的话……哈哈,我明白了。你还是害怕,对吧?你又开始胆小了吧,是不是?"

"不是的啦。"

"那就快去!"

芳夫一边揉眼睛一边爬起床,慢吞吞地从房间走了出去。

昌子放了心,翻了个身,又开始迷迷糊糊打盹了。

就在这个时候。

芳夫脸色煞白,连滚带爬地逃进房间,紧紧抱住被子,哇的一声哭了起来。

"怎么了?"

昌子吓了一跳,赶紧问。芳夫一边哭一边说:

"走道拐角里,黑咕隆咚的地方,有个男人的头。"

"什么?!"

　　昌子吓得赶忙爬起来,坐在被子上。

　　"怎么可能有男人的头? 你是做梦看到的吧?"

　　"真的有。全都是血,还在地上滚着!"

　　芳夫太害怕了,一边发抖一边抱住昌子。昌子也吓得不轻,身子直颤,牙齿咯咯作响。

9

父亲的秘密

"可是,这种事情,这种没道理的事情,不可能有的!"

昌子拼命摇头,想把自己的恐惧甩掉。

"男人的头掉在走道里,这怎么可能……"

可是看到芳夫哆哆嗦嗦的样子,实在不能认为他是在信口开河。

昌子也想像上一次一样,带上芳夫一起去洗手间,但这一次就连昌子自己也惊恐不安。假如昏暗的走道里真的有一颗满是鲜血的头颅滴溜溜地滚着,该怎么办啊!

　　昌子想去隔壁房间把睡觉的爸爸妈妈也叫起来，让他们陪自己一起去洗手间，可是这样一来芳夫也就知道连昌子都害怕了。

　　是的，要想治好芳夫胆小的毛病，不管昌子自己有多害怕，也必须坚强不屈地面对恐惧。昌子下了决心。

　　"这种事情不可能发生的。"

　　昌子站了起来。芳夫惊讶地瞪大眼睛抬头看着昌子。

　　"要、要、要去？还要去洗手间？"

　　"嗯，对。去。"

　　昌子紧紧抓住芳夫的手腕，想把他拉起来。可是芳夫没有起身。不是他不想起身，是他的腿都软了，站不起来。

　　"哈。"

　　看到芳夫这副样子，昌子情不自禁地笑了起来。这孩子还真不中用啊。这也算是男孩子吗？

　　不知怎么，一旦笑起来之后，昌子也就觉得没有那么恐惧了，她一边鼓励弟弟，一边来到走道，开始往前走。

拐角处没有电灯,昏暗的地方确实让人感觉仿佛有什么东西一样。但是至今为止,昌子夜里去洗手间的时候还从来没有觉得这里可怕过。

"你要是害怕了,看到什么都觉得可怕哟。"

昌子一边对弟弟这样说,一边小心翼翼地从拐角处探出头去,扫视通往洗手间的走廊。

"哎,你看,什么都没有。"

芳夫紧紧抱着姐姐的身子,仔细打量走廊,眼睛不停地眨。

"奇怪呀,刚才明明在那里的。"

为什么会想到男人的头这样的可怕东西?说到底应该还是有什么原因的。可是不管怎么问弟弟,他大概也是不知道的。这一点昌子在上一次的经历中就已经知道了。芳夫自己不会知道原因是什么。

(人的心是多么复杂的东西啊。如此不可思议,又如此有趣。)

昌子思忖着。

第二天早晨,昌子像往常一样,和去上班的父亲一起离开了家。

　　去学校的路正好经过郊外电车的车站,昌子每天早上都和爸爸一边说话一边走,直到走到车站为止。

　　比较起来的话,昌子和爸爸的感情要比和妈妈的感情好。

　　一边走,昌子一边把昨天晚上发生的事告诉了爸爸。想让爸爸为改正芳夫胆小的毛病出点主意,不过技术员出身的父亲,对这些事情好像也不知道怎么办才好。

　　在车站前面,昌子和爸爸道过别,正要穿过铁道口,偶然间抬头朝月台看了一眼,忽然"咦"了一声,停住了脚步。

　　奇怪,爸爸平时上班的时候都是在对面的月台站着的,可今天却站在了反方向的月台上。是他在想什么事情,上错了月台吗? 昌子看着爸爸的样子,又觉得不大像是走错了。

　　(到底怎么回事? 是在去公司之前要先到什么地方去转一圈吗?)

　　可是那样的话爸爸就应该更早出门才对。不管怎么说,实在不像是爸爸平时的作风。

　　昌子隐隐感到自己看到了什么不该看的事情。她看到爸爸好像要朝自己这边看过来了,赶忙扭过头,穿过了铁道口。(为什么不去公司? 爸爸是有什么事情瞒着我吗?)

　　因为对爸爸的态度耿耿于怀,整整一天的课昌子都没听进去。文一注意到昌子闷闷不乐的样子,问:"昌子,你怎么了? 脸色不太好嘛。"

　　"唔唔,没什么。"

　　昌子嘴上虽然这么说,但终究还是打不起精神。

10

深夜里的声音

那一天回到家里，昌子把早上的事告诉了妈妈。

在学校里的时候昌子就一直在想这件事到底该不该说，但最终还是决定和妈妈说。

如果不是什么大事就好了——但是对于昌子来说，那个时候的爸爸的样子，不管找什么理由解释，都无法说服自己。

听了昌子的话，妈妈却没有半点惊讶的表示。

"是吗。"

妈妈停顿了一下，略微皱了一下眉，随即望着昌子，慢慢地说："为了不让你担心，有件事情到现在为止一直都没跟你说……"

"啊，果然是有什么事情的？"

"你也不用惊讶成那个样子。唔，其实也就是你爸爸从公司辞职了。"

"哎，为什么？"

"公司的工作越来越少了，上班的人也不用那么多了。"

"啊，那就是说，爸爸其实不是从公司辞职，而是被公司辞掉了？"

"是啊。不过呢，你也不用太担心了。爸爸和别的人不一样，他是技术人员哟。所以不管怎么样都会有工作的。而且其他的公司也已经跟爸爸说了，问他愿不愿意过去上班呢。"

"啊，原来是这样啊。"

这种事情早点告诉我不就好了吗……昌子想着，稍微有点不高兴。

不过说起来，昌子倒也记得几天前自己睡觉的时候好像隐隐约约也听到隔壁的爸爸妈妈低声谈过什么事情，似乎说的就是公司的经营状况一直很糟什么的。

　　我已经是大人了,这种重要的事情还是应该告诉我的好吧……昌子对于总把自己看成小孩子的爸爸有点生气。

　　作为报复,第二天,去车站的路上,昌子对爸爸搞了个突然袭击。

　　"爸爸,下份工作找好了吗?"

　　昌子摆出一本正经的表情猛然这么一问,确实把爸爸吓了一跳。他睁大眼睛看着昌子,"什、什么,你已经知道了?"

　　随后他又爽朗地大笑起来,"哎呀,被你听到了。是前天或大前天知道的吧? 我喝了酒回来,大声喊过什么'被砍脖子了'①,吵醒了你,被你听到了吧。"

　　"不是那样的哟……"

　　就在这时,昌子突然意识到芳夫看到的幻象是从何而来的了。

　　"你说的是'砍脖子'?"

---

① 日语中"砍了"、"砍脖子"等词指公司裁员。——译者

爸爸有点奇怪地看着昌子。

"怎么了？突然这么大声……"

"我明白了！芳夫看到的男人的头就是这么来的！"

深夜里半梦半醒之间，芳夫听到爸爸说的"砍脖子"，刺激了他本来就胆小的心。从爸爸的话里，芳夫在自己也没有意识到的情况下，心里不自觉地画出了满是鲜血的男性头颅的图像。

一旦明白了这一点，就会觉得这事情根本是自己吓唬自己，太傻了。昌子看看还在一头雾水盯着自己的爸爸，噗嗤一声笑了起来，然后一边笑一边把整个事情原原本本说给他听。

"不过这一回可能比较麻烦。因为跟芳夫解释清楚、告诉他爸爸被砍脖子了到底是什么意思之后，还要让他知道被裁员也不是什么不得了的事情才行……"

爸爸一边走，一边把大而温暖的手放在昌子的肩膀上，似乎非常赞赏昌子的样子，轻轻摇着头说："让爸爸刮目相看了，昌子。你真是个天生的心理学家啊。"

11

噩梦的形状

那座桥,很长。

低低的木栏杆,因为年深日久的缘故,许多地方都朽坏了。桥的一边,每隔大约十米就竖着一根杉木的灯杆。

昌子战战兢兢地往桥的中间慢慢挪过去。恐惧大到无法形容,可是她必须过桥去,因为妈妈吩咐她去河对岸的店里买东西。

真的想闭上眼睛往前走。可是真要那样做的话,万一撞到朽坏了的木头栏杆上,就要头朝下掉到河里去了。昌子尽力望向远处白雪皑皑的山脉,只用眼角的余光扫视桥面,一点一点在桥上移动。

天色像是随时要下雨似的,周围有些昏暗,抬头去看阴沉沉的天空,路灯的灯杆都仿佛忽然要一起倒在自己头上一样。昌子感到了死亡的恐惧。

(为什么这么害怕?我到底在害怕什么?)

不管怎么想都想不出原因。突然,距离昌子最近的一根灯杆的影子里,似乎有什么东西动了一下。昌子一下愣住了。

"谁?谁在那儿?"

昌子用颤抖的声音问。

就在这时。有一个全身上下包裹着白布的怪物跳了出来,还发出直让人心脏停跳的凄厉叫喊。那东西跳上半空,转瞬间霍地一下便站到了昌子的面前,盯住她的脸。那怪物的脸部,戴着般若的面具——非常非常恐怖的般若的脸,惨白的长发凌乱地披散在两边肩膀上。

"啊!"

昌子已经叫不出声了。她赶紧转身要逃,可是腿却不听使唤,膝盖更是不中用地抖个不停。

脚下不知道绊到了什么东西,昌子撞到了栏杆上。朽坏了的栏杆一下子被撞成碎片,昌子朝着黑暗的空中掉了出去。

桥下黑色的河水翻着白色的泡,轰隆隆地流淌着。昌子朝着河水笔直掉下去,耳朵里隐约听到有人在呼唤某个名字。

"悦子,悦子……"

悦子是谁? 是我认识的人吗? 一边往下落,昌子一边模模糊糊地想。

深得仿佛没有尽头的冰冷河水,吞没了昌子。

胸口简直要被压碎了一般,昌子喘着粗气,终于睁开了眼睛。

(梦啊! 原来是做梦。)

可是,为什么会做这个可怕的梦? 昌子的睡衣被冷汗湿透了。看看旁边,芳夫睡得很沉,发出平稳的呼吸。

昌子悄悄起身,换了件睡衣,然后又钻进被窝,可是怎么都睡不着了。

(对了,那个叫悦子的,是在老家时候的朋友。是个很可爱的女孩子。那时候我好像六岁，悦子好像五岁。她现在怎么样了……）

昏暗的房间里，昌子望着天花板，回想起自己的幼年时代，不禁生出一股怀念的情绪。

（不过，为什么会在梦里听到悦子的名字呢？）

很糟糕的梦啊。这个梦应该有什么含义吧。昌子这样想。

第二天早晨，因为醒得很早，昌子绕了点路，去找文一。

去学校的路上，昌子把昨天夜里做的噩梦迅速讲给了文一听。她想，文一的叔叔是心理学家，文一也从叔叔那边学到许多知识，说不定他知道原因，能给自己解释清楚噩梦的含义吧。

文一想了一会儿，说："肯定是以前你在老家的时候发生过什么事情。"

昌子点点头。

"我也这么想。"

"那个叫悦子的人，现在还住在你小时候住过的地方吗？"

"应该还在吧。"

"你的老家，很远吗？"

"唔唔，一天时间应该可以走一个来回。"

文一又想了一会儿，突然停住脚步，对着昌子说："好吧，昌子。下一个星期天，去那儿看看吧。我想肯定能明白点什么。找出让你烦恼的到底是什么东西……"

昌子也紧盯着文一的眼睛，"你陪我一起去吗？"

"啊，当然，陪你一起去。"

昌子垂下头，低低说了一声"谢谢"。

很久没有和文一一起旅行了，又是去自己怀念的故乡，这其中自然有着喜悦，但一想到在自己的故乡不知道隐藏着什么可怕的秘密，昌子又情不自禁地害怕起来。

到下一个星期天还有三四天，这种复杂的情绪一直缠绕着昌子。

12

返乡

　　星期天是个万里无云的好天气。

　　一大早按照约定来到昌子家的文一,看到昌子很罕见地穿着一件鲜艳的连衣裙,打扮得漂漂亮亮的,简直眼睛都看直了似的,眨巴着眼睛上下打量。

　　"哇,这样的打扮真像个女人了。"

　　"真没礼貌,"昌子噘了噘嘴,"难道我平时就不是了吗?"

　　"啊,平时像个女孩子嘛。"

　　"文一你不也是打扮得很精神吗?"

　　文一有点害羞,在深绿色毛衣的映衬下,脸颊上的红色很显眼。

两个人坐郊外电车来到市中心，在这里换乘汽车。

离开都市，从窗户里看到的田园风景，很让人流连。野山秋色，田野一片金黄。到处都开始收割稻穗了。

"喂，昌子，你老家的爷爷奶奶还在吗？"

"唔唔，都不在了。以前的房子如今也住进了陌生人。不过，那边附近还有很多认识的人。大家应该都记得我的吧。"

"你是在那里出生的吗？"

"嗯。一直住到六岁。后来因为爸爸找到了工作，大家全都搬到城里去了。"

在汽车里摇晃了四个小时，抵达目的地的小站时，中午已经过了。

两个人在车站前商业街的小饭馆简单吃了点中饭，开始沿着道路慢慢往前走，这是通往昌子出生的村子的道路，大约有一公里长。

周围的绿色山丘上，日光明亮，空气清澄，秋风送爽。道路两旁开垦的田野里种着萝卜和芜菁。不知道是不是大家都在午休的缘故,道路上、田野里,四处都看不到一个人影。

"过了那条河就是了。"

离村子越近,昌子的心脏就情不自禁地跳得越厉害,某种不知名的期待与莫名的恐惧混合在一起,随着距离的缩短而越来越强。

爬上堤坝,看到宽阔湍急的河流,昌子不禁倒吸一口冷气,站住了。

长长的桥一直延伸到对岸的堤坝上。

昌子当然知道这里有座桥。可是,事隔多年重新回到这里,再一次审视这座桥,桥的样子是——

——古老、腐朽、可怕。低矮的木栏杆。

——桥的一边,每隔大约十米,就有一根杉木的灯杆。

再往上看,远处有淡紫色的山脉延绵不断,山顶覆盖着皑皑白雪,远远望去仿佛浮在天空中一般。

(啊!就是这座桥!我在梦里见到的——那个噩梦里出现的就是这座桥!)

怀念的情绪与恐惧的心理交织在昌子的心里,让她连一步都踏不出去了。

文一仔细注视着动弹不得的昌子,目光中充满了让人安心的冷静。

他说:"是这座桥吗? 你梦见的⋯⋯"

"嗯⋯⋯"

单单说这一个字,昌子就已经用尽了力气。

周围的景色和以前同文一一起散步的河滩很相似。

明亮的阳光照射下,河岸上白色的小石子闪闪发亮。四下里空无一人,静寂无声,远处依稀传来一些野鸟叫声。

"好吧,咱们走,走过去!"

文一鼓励般地说。

(不行⋯⋯过不去⋯⋯)

昌子很想这样说。

可是在这里折回去的话,埋藏在自己心底的隐秘,恐怕就不会再有机会揭开了吧——

她想起自己一边鼓励芳夫,一边在昏暗的走廊里前进的时候,自己也不禁觉得有些害臊。

“嗯,走……”

昌子提心吊胆地朝文一伸出手去。文一紧紧握住她的手,稍稍领先昌子一点,开始慢慢往桥上走。

“喂,别去碰栏杆。”

昌子也听出自己的声音很是颤抖。

“好的,没问题,我们就在中间走。”

文一说着,怪讶地看了看昌子。

昌子不敢看周围的样子,垂头紧盯着自己的脚往前走。

“不行啊,这样子!”

文一皱起眉,站住了。

“你要好好看看周围,才能想起更多的事情啊!”

昌子突然用双手捂住脸,

“不行,不行! 我觉得马上就要发生和梦里一样的事了! 灯杆要倒了! 那个、那个灯杆的影子里有人! 啊呀,看,有东西跳出来了!”

就在这时,突然间附近有个声音响了起来,是个女人的声音。

“昌子! 你是昌子吧?”

13

儿时玩伴

昌子吓了一跳,移开捂着脸的手,望向声音的主人。

那是一个穿着校服、扎着马尾辫的女孩。她的个子比昌子高出不少,从五六米远的地方望着这里,出声询问。

"啊,悦子!这不是悦子吗!"

猛然间看到儿时的好友,昌子情不自禁地大声喊了起来。

悦子已经长成了一个有着健康肌肤的可爱少女。

但是不管个子长了多高,幼时的面容依然还能辨认出来,哪怕那张脸上还显现出担忧的表情。不论在哪里相遇,看到她大大的眼睛和圆润的脸颊,昌子总能认出悦子。悦子也一定能认出昌子的吧。

昌子想要奔到悦子的身边,但还是顿了一下。许多年没有联系了,她的心里不禁生出一点羞怯。而且昌子也担心,自己表现得太亲昵了,悦子是不是会感到厌烦呢?

——不过,悦子看起来也和昌子的反应一样。

两个人小心翼翼地、动作很生硬地走近彼此。

"你的个子长得很高了呀。"

昌子脱口而出。

"像电线杆一样!"

悦子害羞地回答说。昌子不禁笑了起来,悦子也开心地笑了。昌子放了心。

(没关系。这个人一点都没变呢!)

"但是真的好久没见了呀!"

两个人手牵着手,跟在昌子后面的文一故意弄出声音似地干咳了一下。昌子赶忙把文一介绍给悦子。

"这是我的同学,森本文一。这一位就是北岛悦子了。你们认识一下吧。"

文一生硬地往前跨出一步,一本正经地打招呼说:"我听昌子提起过你。"

昌子差一点笑出来,不过终于还是忍住了。悦子脸有点发红,低下头。

"多少年没见了?"

昌子问。悦子一边想,一边开始无意识地向栏杆走去。

"嗯,七年……八年了吧? 差不多……"

她在栏杆前站住,转身朝向昌子的方向。

"我常常想起你啊。明明是很好的朋友,可是一次都没回来过呢。"

"对不起。我也常常想起你。就连梦里都见到你的。"

昌子想要往悦子身边走,但是又站住了。悦子背后的栏杆已经朽坏了,似乎一碰就要散了一样。

"不过,最后还是见面了。"

悦子往昌子这边走过来,又拉住她的双手。

"我一直在担心你是不是还在介意那件事情呢。"

　　昌子被悦子的话吓了一跳,不禁朝文一的方向看过去。文一慢慢走到两个人身边,表情严肃地问悦子:"那件事情,是什么事?"

　　昌子的心跳猛然加速。那件事情,是什么事! 那件事就是折磨我的原因吗? 悦子知道那件事吗?

　　悦子的表情很惊讶,她的目光在昌子和文一之间来回游弋。

　　"怎么了? 你们两个怎么都这么紧张……别吓我呀。"

　　昌子不由自主地把双手放在悦子的肩膀上,手指间的力气也不禁越来越大,悦子疼得眉毛都皱起来了。

　　"啊,告诉我! 发生过什么事? 那件事情,是什么事?"

　　昌子的声音提高了八度。

　　"疼啊,我说!"

　　昌子用力摇晃悦子的肩膀。文一赶快把她的手从悦子的肩膀上拉下来。

　　"好疼啊。"

悦子揉着自己的肩膀，一边用疑惑的眼神打量昌子。

"你不是为了见我才回来的？那你回这里到底是打算干什么？难道说，你已经彻底忘记那件事了？"

昌子依旧是一副快要哭的表情，什么都说不出来。文一像是要保护昌子似的，往前走了一步。

"我当然是什么都不知道的，昌子也因为想不起来到底发生过什么，一直都很痛苦。"

"啊，什么？"

悦子用惊讶的眼神越过文一的肩膀望着昌子。

"你，这么说，真的全忘记了？"

昌子悲伤地点点头。悦子有点生气，背过身去，又朝栏杆走去。

"真不知道该说什么。"

她一个人孤零零地站着，低声自语了一句，望着下面的河水，默不作声。很长的时间里她一直沉默着，河岸的蛙鸣声越来越大。

就像要一直站到世界尽头一样，三个人在长长的桥的中间站着。终于，文一再也耐不住这令人窒息的沉默了,开口说:"昌子有点神经过敏。原因一直都不清楚。请你原谅她吧。"

昌子在文一的背后也对悦子说:"对不起。我真的变得有点歇斯底里了……"

"悦子,如果允许我推测的话,我想,以前在这座桥上,你和昌子之间应该发生过什么吧。是不是呢?"

顺着文一的话,昌子也用力地、尽可能想要回想起来似的努力着,说:"有谁从这桥上掉下去过吗?"

就在这时候,悦子突然转过身来。

"你说什么? 有谁从桥上掉下去过?"

她伸出了手指着昌子的脸,叫喊道:

"不是你把我撞下去的吗?!"

14

桥上的对话

昌子一边拼命摇头，一边往后退。

"我……我怎么可能做那种事……"

悦子的脸变得模糊起来。昌子的眼睛里，什么都看不到了。文一看到昌子的样子感到害怕，走到她的身边喊她："昌子……"

突然间，昌子尖叫起来。痛苦的叫声在周围的寂静中尖锐地回荡。昌子又一次捂住脸，朝她们来的方向跑去。

——想起来了。昌子什么都想起来了。

那份巨大的心理冲击，让她想要转身逃出去。

"喂，去哪里啊?! 危险!"

文一连忙去追昌子。昌子因为捂着脸，脚下绊了好几下，跌跌撞撞地往前跑。跑到桥边的时候，她终于被文一抓住了。文一喘着气说:"太危险了! 也不看着前面的路就跑，你要是撞上栏杆怎么办?!"

昌子在文一的手臂里一边挣扎一边说:

"不是的……我不是故意的!"

——那是八年前的秋天的事——一个闷热的午后。

远处的山脉，笼罩在阴暗的天空下。天上乌云密布，仿佛随时都要落下倾盆大雨一般。周围没有一个人影，寂静中，只有青蛙的鸣叫有些不祥地回响。

昌子七岁①——还很年幼。

妈妈吩咐她去河对面的店里买东西，她买完了正在回来的路上。靠在栏杆上会很危险——因为妈妈经常这么告诫她的缘故，她在桥的正中间笔直往前走。

---

① 前文中六岁的说法是昌子从父母那里听来的说法。——译者

就在这时候——可怕的事情,就在这时候发生了。

"想起来了?"

文一声音温和地问。昌子微微点了点头。

悦子也从文一的身后赶到昌子的旁边,喘着气说,"昌子!对不起!你那么内疚,我一点都不知道!那已经是八年前的事了。"

"我想起来了!悦子,我想起来了!"

悦子摇摇头。

"可是,那是我的错。那一天,我把爸爸房间的柱子上挂的般若面具偷偷拿出来了,然后戴着它,想要吓唬什么人——我就这么想着,躲在这座桥的灯柱的后面。喏,就是那根灯柱。"

悦子握住昌子的手。

"对不起。应该道歉的是我。可是我不是要捉弄你才吓唬你的,真的。我只是想要吓唬吓唬最先走过来的人。不管是谁,只要是第一个走过来的人……我从灯杆的影子里跳出来的时候,连那个人是你都不知道!真的!"

——昌子只管埋头往前走、什么都不知道,悦子从灯柱的阴影里跳出来,嘴里还发出奇怪的叫声。那时候悦子穿着白色的浴衣①,长发又在风中飘动,再加上脸上戴的般若面具,更增添了恐怖的气氛。

"哇——!"

昌子太过恐惧,一下子猛地撞到悦子的胸口上。悦子的背撞上了后面的栏杆。朽坏的栏杆被撞得粉碎。

悦子的身子刹那间飘浮到空中,随即朝着水面掉了下去。伴随着的还有细细的、恐惧的叫喊声……

---

① 浴衣,指女子夏天穿的单层和服。——译者

15

午后的记忆

"因为在往下掉的途中吓昏过去了,所以我没喝太多水。"

昌子觉得,在做解释的悦子的声音,仿佛是从非常非常遥远的地方传来的一样。她出神地望着眼前。

"有人在下游发现了漂到下面去的我。幸好那个人认识我,马上就把我送回了家。从那一次之后我就得了肺炎,在床上躺了好久好久。等我的病终于好了、能够出门的时候,你已经不在了。你们家已经搬到城里去了。"

悦子轻轻把手放在视线朦胧望着前方的昌子的

肩头,说,"我为了这件事非常非常难过啊。"

昌子用嘶哑的声音慢慢地说,"把你撞到桥下之后,我一边哭一边拼命逃回家里。当天我就发起了烧,躺到了床上。不知道多少天我都不停地做着噩梦,整天都说胡话。好不容易终于可以下床的时候……"

昌子顿住了,垂下头。文一在旁边说:"后来你就忘记发生过什么了是吧? 所有所有的一切,全都忘得一干二净了吧?"

"嗯。"

昌子点头。

"悦子掉下桥的时候,你觉得是自己杀了悦子吧。那种罪恶意识太重了,让你无法承受,于是你在连你自己都没有意识到的情况下,把所有的一切都忘记了。"

确实如文一说的一样。之所以会发烧,也是因为在昌子的心中,对悦子的担心同她自己想要早点忘记这件事的心情在激烈冲突的缘故。

在那之后,昌子只要看到般若面具也会觉得害怕。但是,那不是害怕般若面具本身,而是看到了面具就会想起那件事情,让昌子自己的内心生出恐惧。恐高症也是出于这样的原因。

昌子的罪恶意识之深,单单靠救了要掉下钟塔去的文一那样的事情也是不能化解的。

那个时候感觉到的"这样的事情以前也曾经发生过"的感觉,表达了想要帮助悦子的、昌子内心深处的愿望。

明白了。全都明白了。

昌子感到自己的头脑中生出一股股的波浪,将许多年来笼罩着自己的阴霾一层层荡涤开来,最后,波浪终于慢慢重归于平静。

她抬起头,脸上是一副轻松明快的表情,微笑着望向悦子和文一。

"好了,我已经好了。真的对不起,让你们担心了……"

文一和悦子同时显出放心的表情。

"太好了,真的……"

"悦子,我对你做了坏事呢。"

昌子握住悦子的手,悦子又露出害羞的表情。

"没有,没关系的啦。"

昌子又以感激的目光向文一点点头。

"谢谢你,文一哥哥,多亏了你的帮忙。"

昌子平时总是喊"文一"的,突然改口喊他"文一哥哥",文一稍稍有点吃惊,脸顿时变得通红。

"别发傻,昌子……"

"嗯,大家都来我家吧,"悦子喜不自禁地说,"家里有很多水果哦。"

昌子想起来了,悦子家认识果园的人,每年秋天都会有人送梨子葡萄等水果过来。

三个人并排在桥上开始走。

山那边吹来阵阵清风。凉爽的秋风,吹动着悦子的发辫。

16

芳夫打架

　　从那天之后过了一个星期左右,有一天——

　　放了学,昌子走到离家不远的那个十字路口的时候,看见对面那一家的围墙前面,芳夫正蹲在路边和久子、敦子一起玩。

　　"又和女孩子们玩啊。芳夫,你可是个男生……"

　　昌子微笑着自言自语。看到这三个青梅竹马的小伙伴,昌子的心情不知不觉涌出一种淡淡的幸福感。

　　"到底在玩什么呢? 你们在说什么呀……"

　　昌子轻手轻脚地走过去,想听听他们在说什么。

她躲在围墙的阴影里,偷窥三个人的情况。

四下里静悄悄的,三个孩子的说话声清晰可闻。

"真不容易,累坏了吧?"

敦子的声音。非常老成的口气,昌子稍稍有点惊讶。好像是在玩过家家。

"哇,累死了,累死了。"

这是芳夫的声音。是在学父亲每次从公司回来时候的口气。昌子差点笑出声来。

"作业做好了吗?"

"嗯,做好了。"

这是久子。似乎芳夫扮演爸爸,敦子扮演妈妈,久子扮演孩子。

芳夫突然开始大声地说起话来:

"我今天给公司砍了。辞退了也没关系,有好多公司都跟我说让我过去。所以哪,辞退我也没关系,一点都没关系。"

真好像是被公司辞退了反倒高兴得不得了的口气。昌子忍着不敢笑出声,忍得很辛苦。为了不发出声音,只好把书包紧紧抱在肚子上,扭着身子,喉咙里发出咕、咕的声音。简直肚子都要憋疼了。

　　窃笑了好长一会儿,昌子忽然注意到四下里陷入了一股怪异的寂静之中,她偷偷从围墙转角探出头一看,只见朝着三个人的方向,附近的头号坏小孩阿弘,正在往芳夫他们那里慢慢走过来。

　　三个人发现了阿弘,身体不觉都僵硬起来。

　　"哇,又是你个不男不女的小子在跟丫头片子玩。真恶心。"

　　阿弘奸笑着对芳夫说。久子把旁边的绘本打开,作出一副不认识他的表情,自顾自地看书。敦子和芳夫死死盯着阿弘。

　　"天天跟丫头玩,你也变成丫头了,阴阳人!"

　　芳夫站了起来。

　　"我不是阴阳人!"

　　昌子想要出去教训阿弘,不过又想看看芳夫会怎么做,最终她还是决定看看情况再说。

　　阿弘慢慢地走到看绘本的久子的身边,看起来像是要抢她的绘本或者是想踢飞它。

　　就在这时候,芳夫突然跳起来撞到阿弘的身上。

阿弘一下子被撞倒在地上,芳夫也倒在他旁边。

"危险!"

昌子赶忙跑到芳夫身边。阿弘一看到昌子的身影,顿时慌了神,爬起来一边叫:"啊,哇,芳夫阴阳人!",一边往自己家的方向跑去。

"啊,姐姐!"

芳夫也爬了起来,朝昌子走过去。昌子在芳夫面前蹲下来,紧紧抱住芳夫的肩膀。

"没事吧你? 没受伤吧?"

"嗯,没事!"

芳夫精神十足地回答。然后他又笑了笑,

"嘿嘿,打架了!"

昌子忽然觉得弟弟非常可爱。

她紧紧抱着弟弟,温柔地说:"芳夫你真是个傻瓜……不可以打架的哟。打架是不好的事——不过,不过,我还不知道你已经变得这么强了呀,很强很强了!"

无尽的多元宇宙

1

不良高中生

——啊呀，又碰上了。

畅子轻叹了一口气，垂下目光。

每次从学校回家的时候，在这条路上都会碰到这三个不良高中生。他们是 M 高中的学生,总是把畅子他们 S 高中的学生当作敌人。他们只要遇到 S 高中的学生,看到男生就要挑衅打架,看到女生就要骚扰惹事。畅子他们已经遇到过无数次了。

其实畅子昨天也才刚刚遇上过。也在这条路上——

昨天,那三个家伙一看到畅子,一边嘿嘿奸笑,一

边排成一排堵在她的面前。个性倔强的畅子顿时就
火了。

（要是敢碰我一下，我就大叫！）

畅子下定了决心，反过来瞪他们。

恰好就在这时，本来没有人影的路上走来了三四
个家庭主妇，好像是刚买完了东西回来的。那几个高
中生看到有人来了，便慌慌张张地跑向道路的另一
头，一边跑还一边大声地嘲笑畅子："哈，还想瞪人，那
小妞！"

"哇，可怕可怕。"

那几个家庭主妇经过畅子身边的时候还对她说
了一些让畅子感到屈辱的话。畅子强忍怒火，加紧脚
步离开了。

因为昨天刚刚遇上过，所以当今天又看到他们过
来时，畅子不禁悲哀地感叹了一声。

"怎么了？"

正和畅子一起并排往前走的同班同学系川史郎
有点惊讶地看着畅子。史郎因为今天要向畅子借书，
特意从学校绕道先去畅子的家。

史郎好像还从没遇上过这三个不良高中生。

畅子对史郎说:"对面来的那三个人啊……"

"唔,好像是 M 高中的学生。怎么了?"

"那几个人都是小混混。肯定又要找我们的麻烦了。"

史郎毫不介意。

"不理他们不就行了。"

"可也让人恼火啊。"

而且今天还和史郎两个人一起走的。万一他们以为我们是情侣,难保不会变本加厉地骚扰我们,搞不好还要和史郎打一架也说不定。

在畅子他们班上,史郎是个最优秀的学生,特别是数学、物理和音乐的成绩最好。这几门课恰恰都是畅子最讨厌、最不拿手的科目。而且,畅子一次都没见过史郎发火的样子。至少在畅子的印象里,史郎是个性格稳重的学生。

那三个不良高中生找他打架的时候,史郎会有什么样的反应呢? 畅子不禁有点担心。

"喂,别打架哦。"

畅子小声叮嘱了一句。史郎笑了。

"怎么会呢。"

就在两个人说话间，三个不良高中生离他们两个越来越近，终于来到了史郎和畅子面前。三个人停了下来，堵住道路。

"哈，今天带了个保镖嘛。"

说话的那个学生，校服前面的扣子全都敞开着，头上的帽子也是歪戴着的。他咧开嘴，畅子看见他嘴里的门牙少了一颗。这个学生一边冷笑，一边和其他两个身材魁梧，也一脸坏笑的学生一起劈头盖脸地辱骂畅子他们，骂的都是些关于男女之事的污言秽语。

"请让开。"

史郎说。

"哎呀，你这小子，说什么哪？"

三个人凑到史郎身边，其中一个猛推了史郎的胸口一把。史郎跌跌撞撞地退了几步，摔倒在地上。

"什么呀，这小子。"

好像因为史郎太不经打，三个人都有点失望。然后他们开始邪里邪气地放声大笑，一个人踢飞了史郎的帽子,又用脚踩在上面。

"喂,说点什么吧,嗯?"

另一个人朝史郎的胁下踢了一脚。史郎疼得叫了起来。

畅子气极了,眼泪都要流出来了——捡起石头砸他们吗?畅子想。可是,不管自己干什么,他们肯定会对史郎加倍报复的。

"这小子真不是男人!"

"要哭了吗?"

"走吧走吧,真没劲。"

史郎完全没有一点抵抗的意思,三个不良高中生好像没了兴致。三个人一边继续污言秽语地辱骂畅子他们,一边耸着肩膀离开了。

2

所谓男子气概

"你没事吧？受伤了吗？"

畅子扶着史郎爬起来。史郎捂住肚子呻吟着。

"唔，好像没什么大问题。"

畅子帮史郎捡起弄破了的帽子，抖抖上面的沙土，递给史郎。史郎随便往头上一盖，对畅子说："好了，走吧。"

畅子怔住了。

这个人真的不知道生气的呀？连我这个女生都气得不得了——

啊不，其实让畅子更惊讶的是史郎完全没有受到精神伤害的样子。

一般人遇到这样的场合,相比于身体上的疼痛,精神上受到的打击应该会更大,毕竟是被人欺凌了,而且还是在朋友的面前——更不用说还是在女生的眼前,自己连还手都还不了——遇上这样的情况,精神上受到的打击应该是极其严重的吧。

可史郎却像没事人一样。他和畅子肩并肩地往前走,还说起了其他的话题。然而与其说是他忘记了刚刚的事,还不如说是想努力把畅子的注意力引到别的地方吧。

——不要这样!畅子在心里大喊——你这样也算男人吗?你还想做个男人吗?

畅子确实叮嘱过史郎,要他不要打架,可是她也没有让他被人欺负成这样也要忍气吞声啊!在内心里,畅子是盼望史郎能把那些不良高中生教训一顿的。当然,畅子也觉得自己这样的想法太过自私,可是对于眼下这副模样的史郎,她怎么也抑制不住内心涌起的蔑视。

畅子沉默无语,空气也变得凝重起来。史郎也不说话了。两个人沉默着往畅子的家走，直到目的地。

畅子让史郎在门口等一会儿，自己去房间里拿了书，交给史郎，然后史郎便回去了。

史郎走了之后，畅子觉得有点后悔。自己对他太冷淡了——可是，自己也实在没有和他说话的心情。

她回到自己的房间，坐到桌前。桌上有面小小的镜子，镜子里映出畅子的脸。那张脸的脸色苍白，有些柳眉倒竖的样子清楚地显示出她内心的感受。

——丑死了！

畅子使劲用双手搓自己的脸，想让自己的脸上恢复血色。

畅子一直认为自己长得很好看。惟一一点遗憾的就是自己是单眼皮。

——如果长成双眼皮的话，就会是更有魅力的眼睛了。每次照镜子的时候畅子都会这么想。

为了缓解自己的情绪，畅子读了一个多小时的小说，然后到吃晚饭为止一直都在学习。

吃晚饭的时候，畅子也没有向爸爸妈妈说起今天遇到的事。因为她不想回忆起那件事。然而不论她怎么努力,都没办法忘记刚才史郎的态度。

——说起来,史郎当时的态度也许并没有错。如果他真的和不良高中生打起架,也不能解决什么问题,弄不好还要酿成大祸吧。

可畅子还是无法说服自己。畅子对史郎一直怀有好感。史郎为人成熟沉稳,畅子头疼的数学他也非常拿手,说不定也正因为这个原因,畅子对他怀有一种莫名的尊敬。畅子对数学完全没有感觉,但凡一提到"数字",畅子基本上就很讨厌,就连记个电话号码都要费上好大的力气。

算了,那件事情过去就过去了吧。不管怎么说,今天的史郎在畅子的眼里就像是在故作老成——只有这么解释了。那是老年人的态度,畅子想。年轻人不可能那样的吧,男人更不可能那样做了。

"怎么了,畅子?"爸爸似乎有点担心地问。

妈妈也说:"脸色不太好啊。"

"唔唔,没什么。"

刚说了这一句,畅子忽然想起之前史郎捂着肚子的样子,不禁有点担心起来。

——史郎他是为了不让我担心，才忍着疼痛装出那种若无其事的表情的吧？

一吃完晚饭，畅子就赶紧站起来，朝客厅走去。她想要穿过客厅，到门口去给史郎打电话问问他的情况。

——就在这时。

突然间，畅子眼前的事物剧烈摇晃起来，随即又开始变得模糊不清。

畅子感到巨大的声响在头脑中回荡，她连站都站不住了。

畅子慌忙紧抱住客厅和走廊之间的柱子。

3

大惨祸?

花开两朵,各表一枝。

眼下这里是公元三九二一年的东京市。

——跳跃的幅度比较大,可能各位读者会有点茫然不知所措,不过还请忍耐片刻,先读下去再说。读到后面,各位自然就会明白。

"戴伊斯的运转是否正常?"

维拉顿①研究所的时间量子学者常姿询问技术员。

技术员回答说:"一切正常。"

---

① 戴伊斯与维拉顿均为机器名称。——译者

"好,开始启动!"

常姿向技术员们下令。

技术员按下维拉顿的开关。维拉顿是世界上独一无二的机器,它被制造用来批量生产光子。今天是这台维拉顿试运转的日子,十六岁的年轻女科学家常姿,在心底暗自祈祷这台自己制作的机器能够毫无故障地运行。

像个超大的甜甜圈似的、直径三十米的戴伊斯,开始慢慢地发出呜呜声。

就在这时——

事故发生了。

光子的运动引起了磁场的剧烈变化,磁场的剧烈变化又引发了三维空间中大爆炸的征兆。

嘶——啪!

广阔的工场里爆发出强烈的闪光。巨大的戴伊斯发出吱啦吱啦的声音,机器开始向外迸射碎片。

"糟糕!"

"爆炸了! 快逃!"

工场里的几百名技术员纷纷发出哀嚎,惊慌失措地向外逃。

万幸的是,戴伊斯的内部装有事故自动抑制装置,没有引发更大规模的爆炸。

技术员们小心翼翼地返回工场,他们抱起晕倒在地上的常姿,呼唤了很久,常姿才终于恢复了神志。她只是昏了过去。

但其实,此时的常姿已经不是那个伟大的天才科学家了。她胆战心惊地打量着周围,那双眼睛很清晰地显示出,那双眼睛的主人,不过只是个十六岁少女而已。

"这是哪里?还有……还有,你们是谁?是什么人?"

*

维拉顿的大爆炸扰乱了周围的时空连续体,将多重宇宙中常姿的同时存在替换了过来。

多重宇宙、同时存在,对于这两个名词,这里需要稍稍做一个说明。

我们所处的这个世界,可以看作是一个时间的连续体。但是,作为具有历史的世界,我们可以将之想象为一条纵线——这样一来，所谓"时间"，也就可以看作是那一条纵线上横向交叉过来的无数条横线了。

唔，更简单地说，我们不妨来想象一块布。

一块布是由无数的纵线与无数的横线编织而成的。在这里，横线就是时间。它把我们的一生或者说世界的历史——或者诸如此类的东西，分成无数细小的片段。

然后，纵线中的一条，就是我们目前所处的世界。

那么，其他那许多纵线呢？

那是其他的世界。那是处在其他的空间之中的、其他的宇宙。无论在哪个宇宙中，都有地球，也都有你。你也好、地球也好，数量多得近乎无限……

这就是多重宇宙的图景。

相邻的两条纵线非常相似，就像相邻的时间——即相邻的两条横线会相似一样。换句话说，就像是一秒之前的这个世界和一秒之后的这个世界，大部分都是相同的一样……

在相邻的两条纵线之中的两个你，也是彼此相似的。比如说，两个你都是学生。或者，如果你的手受了伤,另一个你差不多也会在同样的地方有一个伤口。

不过,如果是相隔二十条、三十条,乃至上百条的纵线中的你呢?

那里的你也许就不是学生,而是发明家了。又说不定,还可能是什么总理呢。

这就是同时存在的图景。

所以这时候我们就明白了:维拉顿的爆炸将女科学家常姿抛到了别的宇宙、别的时间! 替换过来的则是别的宇宙、别的时间里的常姿。换句话说,所有的"畅子",都按顺序一个个被挤到了别的纵线当中去了。

和各位读者身处同一世界中的畅子,当然也就被挤到了别的世界里去。她被挤到了离她非常近的纵线里去了。不过,因为两个世界比较相似,畅子在很长的时间里一直都没有注意到那个世界与自己原来身处的世界有什么不一样的地方。

畅子所到的世界,其实是一个在她内心深处隐约期盼着的世界。这是因为,在事故发生的时候,畅子所期盼的世界,可以第一个接收被原来世界挤出来的畅子。

4

消失的拨号键

"啊!"

畅子低低叫了一声,捂住自己的额头,踉跄着退了一步。

房间里的爸爸听到声音,问:"畅子,怎么了?"

妈妈也问:"有哪里不舒服吗?"

畅子摇了摇头:"唔唔,没事。刚刚有点头晕。"

"学习太累了吧,稍微休息一会儿吧。"

爸爸担心地说。

畅子点点头说:"好的,知道了。"

她来到走道里。这时候头晕的感觉已经消失了。

她想起自己是要给史郎打电话的,便来到门口,拿起电话听筒,打算拨号。

"啊,怎么回事?"

畅子情不自禁地叫了起来。

眼前这是个什么东西呀! 在这个电话机的数字键盘上,竟然只有五个按键:从 1 到 5,只有 5 个数字。

畅子惊得目瞪口呆,呆立在当场。这、这根本没办法给史郎家打电话啊。

——肯定是白天电话局的人来修过电话,走的时候没注意,把这个古怪的电话机留下来了,畅子想着,嘿嘿地笑了起来。

畅子一边笑一边走回客厅。

妈妈看见走回来的畅子,脸上露出惊讶的表情。

"咦,这回怎么笑嘻嘻的……真是个怪孩子。"

"哪,电话的拨号键只有 5 个数字啊。从 1 到 5……"

畅子又笑了起来。可是,爸爸妈妈都没有任何笑意,反而是用一种不可思议的表情盯着畅子看。

"哎,那不是很正常的吗? 拨号键从来不都是从 1

到 5 的吗?"

"啊,什么?!"

畅子的脸色顿时变了。

"别开玩笑啊!电话的拨号键明明是从 0 到 9,一共 10 个的!"

不知不觉地,她的声音里带上了哭腔。看爸爸妈妈的表情,不像是故意开玩笑逗自己玩的样子。

——哎呀,难道是我弄错了?还是说爸爸妈妈糊涂了?

"畅子,你没事吧?"

爸爸上下打量了畅子一会儿,问。那种眼神就像是在观察病人一样。

妈妈也说:"你肯定是今天太累了。畅子,今天就到这儿吧,赶紧去休息吧。"

畅子一句话也没说,出了客厅,匆匆跑回自己的房间。

——这到底是怎么了?她一头雾水。

我一直都对记电话号码很头疼。所以,很久以前就一直在想,电话号码要是只有 5 个数字就好了。可那只是个梦想而已,难道说自己的梦想被实现了,所有的电话都变成了 5 个数字——这不是童话故事吗?

难道说是我的脑袋坏掉了吗?

畅子一边想,一边望向桌上的小镜子。

不知道是不是自己的错觉,畅子觉得自己的脸好像和平时有点不一样。她仔细对着镜子照了半天,终于弄明白哪儿不对头了。

不知怎地,畅子变成双眼皮了。

"啊! 总算变成双眼皮了!"

也许是太累了,畅子想。

不过看到自己变成了双眼皮的样子,畅子觉得自己更像成年女人了。

——这样的话,自己说不定都可以去演电视了,畅子开心地想。说起来,自己还是个小学生的时候,确实有过一个愿望,想去做电视明星的。只是因为一首歌都不会唱,自己也觉得根本不可能成为明星,最后只好放弃了。

说到唱歌,畅子确实一点都不会。

她发不出半音阶的音。长这么大一直都是这样。

说得过分一点,畅子差不多接近于音盲的程度。

畅子的房间里倒是有架钢琴,不过那是出嫁的姐姐留下来的。畅子一直都弹不来。

——啊,对了,明天早上还有音乐课。

畅子打开钢琴的盖板,想要稍微练习一下。

然后,她又一次发出大声的尖叫。

钢琴键盘上没有黑色的键,满满一排全都是白色的按键……

也就是说,钢琴上从来没有过半音阶的键!

5

这世界疯了

那以后发生在畅子身上的事情……各位读者差不多都已经明白了吧。

但是对于什么都不知道的畅子来说,发生的事情一件一件全都是不可理喻的。

比如说在学校里——

音乐课上教的歌全都是没有半音阶的单调歌曲。当然,音乐教室里的钢琴也是没有黑色按键的,弹出来的都是畅子能够歌唱的那种平板的曲子,课本上的#和b的记号也消失了。所有都是 C 大调①的曲子,充

———————

① C 大调是一个于 C 音开始的音乐的大调,没有升号和降号,是音乐中最普通的调号。——译者

其量最多再有几首 A 小调①的曲子。

数学课上也没有了那些困难的解析几何之类的内容，教的东西尽是些相当于小学难度的分数、小数什么的，最难最难的也就是初等代数了。

换句话说，畅子所头疼的课程全都极其简单，简单到让人目瞪口呆的程度。然而尽管对于畅子来说异常简单，但班上的同学却好像还是觉得这些东西很难似的，就连那个很聪明的系川史郎——他本来可是连复杂的几何题目都能够流畅解答的——现在就为了考虑一个小数点到底该点在哪里才好，都冥思苦想好久。

与此相反，畅子拿手的科目、觉得在学校的学习不够深入的那些学科——比如像英语，就大大提升了难度。

本来给畅子他们上课的英语老师名叫衣屋真理子，可不知什么时候换成了名叫玛丽·特纳的外国老师，上课也完全是用英文进行。

———————

① A 小调是一个于 A 音开始的音乐的小调，也是一个没有升号和降号的调。——译者

为什么变成这样？畅子按着顺序一个个同学问过去，可大家全都反过来惊讶地瞪着畅子，都说从一开始就是这个样子的。

到了最后，畅子终于隐隐约约地意识到这些不可思议的经历背后隐藏的本质。看起来，似乎是自己不知道怎么跑到别的世界里来了……

而且，这个新的世界仿佛是由自己很久以来的所有愿望拼揍成的……

不过很显然的，畅子不可能知道自己为什么会被抛进这样一个世界当中。

——啊！照这样下去我真要疯了！

畅子非常痛苦。

——我是不是应该和谁好好说说这一切呢？可是，我找谁说呢？

畅子陷入沉思。

——理科老师怎么样？

不行，畅子摇头。

理科是以前畅子最最头疼的学科，所以如今反过来成了最最简单的学科。在这个世界里，基本上不怎么教学生自然科学的东西。

　　——这也就是说，理科的老师最多也就仅仅具备以前高中生程度的科学知识而已，所以对畅子遇到的这种复杂的问题，根本不可能给她作出足够令她满意的回答。

　　畅子每天都处于紧张之中，感觉越来越疲惫。

　　要冷静，畅子告诉自己。

　　不管怎么焦急、怎么慌张，到头来只会让大家越来越觉得我是怪人。与其如此，还不如想办法早点习惯这个世界⋯⋯

　　是的，如果真的能完全习惯这个世界就好了。比起原来的那个世界，其实还是这个世界活得更加轻松啊。因为在某种意义上，这完全是为我量身打造的世界——畅子这样宽慰自己说。

　　虽然有些地方与从前的世界稍有不同，不过大部分地方都是和以前一样的。与自己要好的朋友一个都没有少，自己的家人、邻居，也都没有变化。

　　与系川史郎的交往也像迄今为止的那样，关系很好。

　　畅子考虑过是否要把自己的经历告诉史郎,不过她不想看到史郎把自己看作怪物的眼神,最终还是决定不和他说了。

　　在这个奇怪的世界里,畅子度过了许多日子。

　　然后有一天,放学之后,史郎走到畅子身边说,"谢谢你借我这本书,我看完了,还给你。"

　　他递过来的书,就是前些时候遇到那几个不良高中生的那天畅子借给他的。

　　畅子接过书,问:"好看吗?"

　　"唔,有点难读……"

　　史郎红着脸挠了挠头。

　　畅子十分意外。因为连自己都可以一口气读完这本书,头脑很灵活的史郎不可能看不懂。

　　"啊,那我家里还有几本稍微简单一点的很有趣的书。"

　　"是吗,能让我看看吗?"

　　"嗯。"

　　畅子点点头。

　　史郎又和畅子一起回家了。

　　——该不会又要碰上那些不良高中生吧？畅子
有点担心地想。

　　不过仔细想来，在这个世界里，畅子所讨厌的那
种不良高中生应该不会存在的。实际上畅子也真的
一次都没碰到过他们。

　　"好，一起回去吧。"

　　"嗯。"

　　两个人肩并肩走出校门。

6

噩梦之斗

当两个人走到那条畅子每天都要经过的路的时候——

从对面的路口，走过来了那三个不良高中生。

啊！

畅子禁不住惊叫了一声。

这世界竟然还有他们三个人！

完了，肯定又要被骚扰了——畅子对此确信无疑。

史郎抵不上用处，这一回弄不好连我都要受折磨了……

上次报警就好了——畅子的脑海里刹那间闪过这个念头，可是现在太晚了。

这时候，那三个人果然来到了畅子面前，用让人恶心的语调说："哟，小姐，今天漂亮得很嘛。"

"看起来关系不错啊。"

史郎向着三个人说："请让开。"

又要重演上次发生的事情了，畅子想。事态将会如何发展，畅子知道得清清楚楚。

为什么没走另一条路呢！畅子想。

"呵，你小子说什么呢？"

三个人相互望了望，露出黄黄的牙齿笑了起来。

"给你点苦头尝尝吧。嗯？"

其中一个人瞥了畅子一眼，慢慢朝史郎逼近。

"住手！"

畅子叫道。她感觉到自己的鲜血都冲到了脸上。

"你们天天欺负人，不觉得无聊吗？到底有什么好玩的？！"

"什么？"

三个人脸上的笑容消失了，取而代之的是憎恨的表情。他们对于学习努力、一丝不苟的学生们抱有深深的憎恨——对于这一点,畅子本来也十分清楚。

"你是不是觉得我们不会对女人出手,就敢在这里大呼小叫了?"

朝史郎逼近的学生转而向畅子走来,他想要抓住畅子胸前的白色丝带。

"慢着。"

史郎白皙的手挡在那只又黑又胖的手前面。

"哟,你小子——"

那个学生想把史郎的手甩开,可是甩了两下,史郎的手依然紧紧抓着他的手腕。

"嚯,你这到底跟谁学的呢?"

他邪里邪气地笑着,向史郎说。后面两个人也在慢慢朝史郎靠近。

"你这混蛋!"

史郎左边的学生抓住他的肩膀,想用力往回拉。

"嘿!"

史郎深吸一口气,使劲一拧手中抓着的那个学生的手腕,把他的身体扔向左边的学生。

"哇!"

两个人脑袋撞在一起,摔在地上。

"你想干什么?!"

剩下一个人从右边扑上来的时候,史郎一个手肘捶了过去。

"哇!"

扑过来的这个家伙仰面摔了出去,他的身子撞到了街边的垃圾箱,翻倒在地。

地上的两个人这时候已经站了起来,又朝史郎扑过来。

史郎抓住其中一个家伙的手臂,一个背摔,把他的身子重重摔在旁边的墙上。

"啊呀!"

那家伙的头好像是被狠狠撞了一下,嘴里发出痛苦的嚎叫。

"住手,史郎! 别再打了!"

畅子一边慌乱地躲闪打斗的四个人,一边朝史郎喊。

可是史郎依旧继续着战斗。

　　他抬腿踢飞了另一个学生。那个学生在地上滚了几圈,捂住肚子,开始哇哇地吐了起来。

　　畅子从没想到史郎会这么厉害,真的大吃一惊。

　　她虽然放心了一点,可是马上又开始转而同情被史郎打得屁滚尿流的那三个不良高中生了。

　　"好了,史郎! 饶了他们吧!"

　　但史郎对畅子的话充耳不闻,就像没听到一样。

　　撞到垃圾箱上的那个学生,鼻子里都淌下了鼻血,可史郎依然一把拽起他,把他再一次扔向墙壁。

　　"呜……哇!"

　　那个学生把墙都撞倒了,浑身是血的他滚进了旁边人家的院子里。

7

超人史郎

史郎发狂了——

（天哪，这真是我认识的那个史郎吗？）

畅子瞪大了眼睛。她所知道的史郎，不应该是更加稳重的、不会和人打架的、很体贴的一个孩子吗？

眼前的史郎简直就像彻底变了个人一样。

他不但在打架，而且目光中还透着狂热，就像是沉湎于这份快乐之中无法自拔一样。横冲直撞的史郎，嘴角甚至还现出得意的笑容——

是了，我终于明白了——畅子想起来了。

这正是我一直期望的史郎啊——强壮无比的、举

手投足便能打翻不良高中生的、极其厉害的超人史
郎——这正是我期望的史郎吧！

在这个世界里的史郎，已经不是那个充满智慧、
性格沉稳的史郎了。他成了比畅子还笨、同时又非常
暴力的小子。然而，史郎的暴力行为已经超出了一般
的限度了。

（太残忍了！）

畅子忍不住背过了脸。

“救命！”

“对不起，饶了我吧，求求你！”

三个不良高中生哀嚎不已，一边哭一边在地上乱
滚，试图从史郎的拳头下逃开。可是史郎依旧没有半
点放过他们的意思，一直追着他们往死里打。

“还敢跑，你这蠢货！”

他一边骂，一边又拎起趴在地上已经满身是血的
躯体，再一次用力掼下去。

如此残酷、如此无情，畅子期望的绝不是这样的
史郎——我要的从来不是这样的史郎啊，畅子想。

“好了，别再打了，求求你！”

夹杂着高中生们的哀嚎，畅子叫道。

那三个不良高中生已经完全没有继续打下去的勇气了，非但如此，他们简直连爬都爬不起来，只能在地上来回打滚。

"呜——呜——"

"饶、饶了我，饶了我吧！"

可是史郎依然不肯停手，还是不断把他们一个个拎起来、掼下去、再拎起来、再掼下去。

"你们还敢吗？还敢吗？"

喀嚓——不知道从哪里传来一声怪异的声响。

被史郎扔出去的一个人，好像手臂的骨头断了。

"唔！"

这个家伙终于失去了知觉。

但是史郎依然一脚踢中那个学生，然后又一脚踩上他的身子。

泪水从畅子的眼睛里淌了下来。

（骗人的，骗人的！这些事情全都是骗人的！这种事情绝对不应该存在！太残酷了！）

畅子拼命祈祷。

（上帝啊,我求求你! 我受够这个世界了! 我不要在这个世界! 我要回到原来的世界去! 把史郎变回原来的样子! 这个史郎太暴力了,像野兽一样! 我已经受够了!)

畅子发自内心地叫着。

突然间,她眼前的景象变得模糊,随即又晃动起来。

*

"啊,终于弄完了! 好,这一次一定要成功!"

女科学家常姿打量着工场里组装完成的维拉顿,长出了一口气。

这一位当然是被抛进未知世界的常姿。不过不幸中的万幸是,在这个世界中的常姿依然是个科学家。

（我要改正自己以前犯下的错误!)

常姿一了解自己身处的世界,当然也就立即明白了自己所犯下的错误以及因为此错误而引发的混乱事态。她连忙召集工场里的数百名技术员,开始制造另一台维拉顿。

"戴伊斯的运转是否正常？"

常姿询问技术员。

技术员回答说："一切正常。"

"好，开始启动！"

常姿向技术员们下令。

这台机器如果能够正常运转的话，常姿确信，应该可以将自己送回原来的世界去。

技术员按下开关。戴伊斯开始慢慢地发出呜呜声。

就在这时——常姿视野中的一切事物全都开始摇晃起来、周围的景物也开始变得模糊。

（太好了！）

常姿在心里暗叫。

（成功了！我可以回到原来的世界去了！）

然而常姿想得太简单了。

她一直以为只有自己和原先存在于这个世界中的人发生了替换，所以她考虑的是：只要自己回到了原来的世界,时空连续体的混乱就可以恢复正常了。

　　但她并不知道,其他还有许多世界——其他那些纵线中的常姿呀畅子呀,早都被一个个错位地抛到了别的世界里去。

　　的确,常姿可以回到自己原先的世界了。可其他的常姿和畅子们会怎么样呢?

8

请让我回去

畅子的神志恢复过来的时候——

她发现自己依然身处在那条道路上，正怔怔地站在道路当中。

不过在她的周围一个人也没有。

大打出手的史郎消失了。那三个不良高中生也不见了。

（啊，好像回到原来的世界了！）

畅子顿时想到了这一点。她还记得刚刚周围的景物微微摇晃的光景，在从前确实也曾经历过。那就是在自己家客厅里的时候，就像自己来到这个世界之前所经历的事情一样。

（不过，为什么周围一个人也没有呢？）

畅子略微有点奇怪——哦，对了。这个世界里的我，今天肯定是一个人放学回家的了，而且在这条路上我也没有遇到那三个不良高中生——

畅子慢慢往前走，朝家的方向走去——

忽然，她感觉到自己手上拎着的书包要比平时的感觉轻，低头一看，吓了一跳。她手上拿的那个不是书包，不是她每天带到学校去的手提书包，而是一个黑皮的女士小坤包。

"啊！"

畅子慌忙打量了一下自己全身的装束。她刚才就觉得走路的时候不太方便，一看才知道，原来自己脚下穿的是一双漂亮的高跟鞋。而且不单是脚下，她身上的衣服也是蓝色系的高级套装，颈子上还戴着珍珠项链。

——为什么……为什么，我会变成这样一副打扮……

哪一样也不是畅子自己的东西呀！至少畅子自

己一点也记不得曾经买过这些东西。可是,每一样东西穿在畅子身上又都显得异常熨帖。

(我又到了另一个世界了吧!)

畅子明白了过来。在这个世界里,自己好像已经不是高中生了。

(那我到底是谁呢?)

畅子一头雾水,她把包拿起来,翻看里面的东西。

包里面有一个大大的白金粉饼盒。这不是超豪华的化妆盒吗? 畅子一边惊讶一边打开粉饼盒,镜子里映出她的脸庞。

畅子的脸上浓妆艳抹。大大的眼睛、美丽的双眼皮,还有涂着鲜艳唇膏的双唇,耳朵上也缀着珍珠耳环——难道这真的是我?

要说美丽,眼前的这个形象确实是很美丽。可是,畅子怎么也无法想象这会是自己的脸。

就在这时候,畅子觉得道路的另一头好像有什么人正在朝自己这边走来,她抬起头,随即大吃一惊。

来的是那些不良高中生。

他们远远看见畅子,全都停下脚步,相互对望了一会儿,凑在一起嘀嘀咕咕起来。

终于,他们又开始慢慢地向畅子的方向走来,不过那副样子和往日里小混混的模样大相径庭,看起来就好像是被畅子的美貌吓倒了一般。

"唔……"其中一个人小心翼翼地向畅子搭话,"您是电视明星泽田畅子吧?"

畅子吓了一跳。

"我不是明星啊。"

话一出口,畅子突然明白了。在这个世界里的自己,也许真的成了电视明星了——她想起了自己小学时代的梦想。

和畅子搭话的学生好像认为她是在开玩笑,笑了起来,接着说:"嗯,对不起,能给我签个名吗?"

然后他掏出笔和本子递给畅子。畅子不禁后退了一步。

"啊,不要,我不会签名啊。"

"请不要拒绝我们,给我们签个名吧。求求您。"

后面两个学生也走上来,拿出笔和本子,开始索要畅子的签名。

　　畅子转过身开始小跑起来,想要把三个人甩开。三个人赶紧在后面追。

　　畅子逃上大路。路边开着很多商店,她在路上跑着,商店里的人纷纷探出头来看,看到畅子就叫喊起来:"是泽田畅子呀!"

　　"啊,我也想要她的签名!"

　　大家纷纷开始追赶她。看起来,在这个世界里,她是相当受欢迎的啊。

　　畅子回头一看,大吃一惊。追赶她的人当中甚至还有系川史郎和其他的同学们。

　　"啊!"

　　畅子一边逃一边尖叫。

　　"够了! 我受够了! 谁来把我救回到原来的世界去啊! 我不要做演员! 我讨厌这个世界! 还是原来的世界最好!"

图书在版编目（CIP）数据

穿越时空的少女/（日）筒井康隆著；丁丁虫译.
—上海：上海译文出版社,2013.7（2025.3 重印）
ISBN 978－7－5327－6172－2

Ⅰ.①穿… Ⅱ.①筒…②丁… Ⅲ.①中篇小说—日
本—现代 Ⅳ.①I313.45

中国版本图书馆 CIP 数据核字（2013）第 067959 号

TOKI WO KAKERU SHOUJO, AKUMU NO SHINSOU, HATESHINAKI TAGEN-
UCHUU
First published in Japan by Kadokawa Shoten Publishing Co. Ltd. in 1976 in TOKI
WO KAKERU SHOUJO
Simplified Chinese translation rights arranged with Yasutaka Tsutsui through Japan
Foreign-Rights Centre and Andrew Nurnberg Associates Ltd.

图字:09－2009－072 号

穿越时空的少女

[日]筒井康隆 著 丁丁虫 译
责任编辑/李洁 装帧设计/未氓设计工作室 封面绘图/夏小鲟

上海译文出版社有限公司出版、发行
网址:www.yiwen.com.cn
201101 上海市闵行区号景路 159 弄 B 座
上海盛通时代印刷有限公司印刷

开本 787×1092 1/32 印张 8.25 插页 4 字数 69,000
2013 年 7 月第 1 版 2025 年 3 月第 7 次印刷
印数:24,001—27,000 册

ISBN 978－7－5327－6172－2
定价:35.00 元